講談社文庫

院内刑事《デカ》　シャドウ・ペイシェンツ

濱 嘉之

講談社

目次

警視庁の階級と職名

階　級	内部ランク	職　名
警視総監		警視総監
警視監		副総監、本部部長
警視長		参事官
警視正		本部課長、署長
警視	所属長級	本部課長、署長、本部理事官
	管理官級	副署長、本部管理官、署課長
警部	管理職	署課長
	一般	本部係長、署課長代理
警部補	５級職	本部主任、署上席係長
	４級職	本部主任、署係長
巡査部長		署主任
巡査長※		
巡査		

警察庁の階級と職名

階　級	職　名
階級なし	警察庁長官
警視監	警察庁次長、官房長、局長、各局企画課長
警視長	課長
警視正	理事官
警視	課長補佐

※巡査長は警察法に定められた正式な階級ではなく、職歴６年以上で勤務成績が優良なもの、または巡査部長試験に合格したが定員オーバーにより昇格できない場合に充てられる。

◉主要登場人物

廣瀬知剛……医療法人社団敬徳会常任理事兼
　　　　　　川崎殿町病院リスクマネジメント担当顧問

住吉幸之助…医療法人社団敬徳会理事長
吉國正晴……内閣官房副長官
浅野一雄……副総理
秋本誠一郎…公安部公安総務課理事官
雨宮梢………川崎殿町病院産科医長
高橋かおる…モデル
持田奈央子…医療法人社団敬徳会理事
栗田茉莉子…川崎殿町病院助産師

院内刑事　シャドウ・ペイシェンツ

プロローグ

「医療法人の理事長として、今回のコロナ問題で特にお困りのことはなんでしょう？」

「困っていることだらけですが、その中でも法案の修正も行われていました感染症法改正問題です。この中に『コロナ患者を引き受けない病院に対してのペナルティーとして、病院名を公表する』旨《むね》の案がありましたが、こんな馬鹿げた事はやめた方がいいですね」

厳しい内容の回答をしながらも、住吉幸之助《すみよしこうのすけ》・医療法人社団敬徳会《けいとくかい》理事長の表情は穏やかなままだった。

「それは今回の新型コロナウイルス感染症に対する治療行為が、一般病院にとって応召義務の圏外にある……ということが理由ですか？」

陪席する官房長官が訊ねると、住吉理事長は真顔のまま答えた。

「当医療法人の場合、傘下の二つの病院で、今現在も十人の重篤《じゆうとく》患者さんを含めて五十人ものコロナの患者さんも引き受けながら、通常の患者さんの入院も満床で、経営者としては、まあありがたい状況なのですがね。そうでない病院も多数あるのが実情です」

この答えを聞いて官房長官は憮然《ぶぜん》とした顔つきで言った。

「このご時世に『まあありがたい』という表現はいかがなものかと思いますが……」

「そうですか。うちの医療法人傘下の四つの病院のうち、成田《なりた》と川崎《かわさき》の二つの病院は新型コロナ患者の受け入れをしていますが、東京の本院と福岡では行っていません。なぜなら、看護師の人手が足りないからです。東京と福岡の病院からそれぞれ五十人の看護師を成田と川崎に派遣しているのです。総勢百人の応援スタッフの宿泊、食事等、全て当医療法人が手配しているのですよ。そんな現場の労苦を、厚労大臣を経験された官房長官ならおわかりのはずだと思いますが、いかがですか？　それでもありがたいと申しておるのです」

「それは嫌味……ということですか？」

「現場の声に耳を傾けて下さいと申し上げているのです」

二人のやり取りを聞いていた首相が口を開いた。

「住吉先生には長いこと医学界だけでなく、経営者としての立場からご提言やご教授をいただいております。また、今回の新型コロナウイルスの感染に関しても、大型クルーズ船による集団感染の時からいち早く対応をしていただきましたことは皆承知しておりますし、感謝しております」

首相官邸五階にある総理大臣応接室で首相、官房長官、事務方の官房副長官に対して、住吉理事長は敬徳会常任理事で危機管理担当の廣瀬《ひろせ》知剛《ともたか》を伴い会談をしていた。

この場をセットしたのは官邸側で、住吉理事長は招かれた立場だった。

首相が住吉理事長に訊ねた。

「ところで、感染症法改正問題におけるペナルティーに関してのご意見ですが……」

「コロナ患者の受け入れをできる病院とそうでないところがあることは地方の役人だけでなく、厚生労働省の役人でもわかっているはずです。できるところは懸命に取り組んでいますが、そうでないところは受け入れたら自分の首を絞めるだけなのです。しかも、有能な看護師が、コロナの受け入れを迫られる可能性が強い中規模病院を離れて小規模のクリニックに転身する傾向も強まっています」

「そういうことですか。人的な面が大きいのですね？」

「もし、国や地方公共団体がコロナ患者を引き受けない病院に対してペナルティーを科すというのであれば、どうぞ科してください、病院名の公表もどうぞ、その代わりもうコロナは全てやりませんよ、といった病院が出てくるのは必至です。かえってその方が地元の患者さんには安心感を与えることになるかもしれません。役人を人事で抑え込むのとはわけが違います」

これを聞いた吉國正晴《よしくにまさはる》官房副長官がやんわりと切り出した。

「内閣人事局長として、役人人事と医療機関をいっしょくたにしているつもりはありません。ただし、今回の新型コロナウイルス感染症問題は政治的解決だけではどうにもならない。医療機関や飲食店をターゲットにするつもりは全くないのですが、第三波といわれる状況になっても、あまりにも国民の意識が低すぎるところに最大の問題があるのです」

「それは同感です。マスコミの姿勢にも問題があると思うのですが、付け焼き刃の感染症専門家があまりに多く出過ぎて『あなたたちは本当にどこまで知っているの？』と耳を疑いたくなる発言を垂れ流しにしていますからね。これを真に受ける一般市民も多いことでしょう」

「二度目の緊急事態を地域限定にして宣言したところで、人の流れはあまり変わらないのも問題です」

「飲食業界に対する要請だけではだめですし、『何もかも保証してくれ』という一部の業界人の体質も問題だとは思いますが、それ以上に、休業要請を無視するような店に行く客が一番悪いのです。そういう輩《やから》に対して何らかのペナルティーを与えない限り、今の日本の不道徳な状況はどうにもなりません。廣瀬先生はどう思われますか？」

住吉理事長に急に話を振られた廣瀬がちらりと吉國官房副長官の顔を見て、副長官が頷くのを確認して答えた。

「警察庁警備局長や内閣危機管理監を経験されている官房副長官の前で言うのも変なことですが、僕は病院の危機管理の立場からものを申すことしかできません」

吉國官房副長官が笑いながら言った。

「廣瀬君は僕が内調室長の時に警視庁から派遣されて内調に来たわけだが、ある種、独特のスタイルを持った情報マンだったからな。与野党の政治家だけでなく、財界や学者にかかわらず重鎮クラスを次々に籠絡《ろうらく》して、重要情報を収集分析していた姿は今でも鮮明に覚えているよ」

これを聞いた首相が言った。

「私は一回生の時に廣瀬さんと出会ったわけですが、こんなスパイのような人が警察官として本当にいるのか……と、心底驚いたのを覚えています。警察を辞めたと聞いた時には、警察組織が宝を失ってしまったんじゃないか……とも思ったくらいでした」

「確かに廣瀬君を『日本警察の宝』と評した公安部長もおりましたから、それだけの評価をされていた人材であることは確かですね。ライオン宰相の頃には国内情報だけでなく国際テロリズムを含む中国、北朝鮮まで情報の幅を広げていたようですからね」

吉國官房副長官が笑いながら言ったため、廣瀬も微笑《ほほえ》みながら答えた。

「ネット社会で様々な情報が溢れる中、その信憑性《しんぴょうせい》を判断するのは情報を得た本人しかないわけです。しかし、誤った情報をさらに誤って解釈して、これをまた広めてしまう人が多いのも事実です。しかも、そういう人の誤った情報を修正できる機能はないわけで、悪意の第三者の意見を知的下層階級の人は鵜呑《うの》みにしてしまうのです」

「知的下層階級か……面白い表現だな」

吉國官房副長官が言うと住吉理事長が言った。

「これは笑い事ではなく、医療従事者に対する嫌がらせや攻撃もまさにここに原因があると思います。知的下層階級という言い方が果たして適当な表現であるのかどうかはわかりませんが、往々にして、そういうレベルの人が増えているのも確かです」

廣瀬が二度頷いて話を続けた。

「一口にマスコミといっても幅が広く、最近ではユーチューバーと呼ばれる人までもがマスコミ気取りでモノをいう時代だから困るのです。下手なブラックジャーナリズムに転落した連中よりも影響力は大きく、ブラック以上に何の裏付けもない話題を、さもそれが常識かのように語っているのですからね」

「そういえば最近、ブラックジャーナリズムも弱くなったような気がするが……」

「金を出す大企業が減ったことも確かですね。電力、自動車、電機、広告代理店等の比較的余裕があった企業の不正が発覚して、金蔓《かねづる》が減ってしまったのも事実でしょう」

「なるほど……反社会的勢力も広報窓口を失ってきた……ということか……」

「そうですね。活動右翼の九割以上を占めていた反社会的勢力の別動隊が、最近、あまり街宣をやらなくなったのも、ある意味でネット社会の影響が大きいためだと思われます。また、以前からネットを使って企業や個人を叩いていた連中も、裏付けを取ることもなく、耳にした話題を垂れ流しにしていた実態を知られてしまって、読者を失っているのも事実です」

「なるほど……そうした中で今回の新型コロナウイルス感染症に関してはどのような情報が、一般国民の行動に影響を与えているのかな?」

吉國官房副長官の質問に廣瀬が答えた。

「特徴的な点が二つあると思います。一つは政府の対応に説明不足が多いこと、もう一つは知事の露出の仕方が下手だということだと思います」

「やはり私だけでなく、政府に説明不足がある……ということですか……」

首相が腕組みをして訊ねた。

「僕はコロナ対策と経済対策の両睨み政策はよかったと思ってはいます。Go To にしても、八千万人もの人たちが手を挙げたのですから、いい面はあったかと思います。しかし、これを享受した国民の側も問題があったのでしょう。さらには、この政策に関わった旅行代理店の責任も大きいと思うのです。例えば京都を見ても、あそこまで人を集中させるような策を取らなくてもよかったのではないか……これだけネットや携帯電話による位置確認が行政側にも伝えられる中、ある程度の分散策が講じられてしかるべきでした」

「分散策……ですか……」

「まだコロナ対策の最中であることを、もともと物事を忘れやすい国民性とはいえ、等閑《なおざり》にしすぎた。あまりに無謀だったような気がします。この人の集中に対して行政がモノを言うべきだった……ということです」

「確かに、Go To の期間を限らせたために、観光地に人が集中してしまった……ということは認めます」

「臨機応変、柔軟な対応ができなかったことに今回の最初の問題があります。次に知事の立場です。最初に北海道と大阪の若い知事が積極的な発言をしたことによって、もともとパフォーマンスが好きな首都圏の知事が競い合って発言をするようになってしまった。さらに他県の知事の中には、下手な会見をしてしまったが故に、自らの人間性の低さを露呈してしまい、墓穴を掘ってしまった人もいました。新型コロナウイルスの正体は未だに明らかになっていないにもかかわらず、あたかも三密さえさければいいかのような錯覚を市民に与えてしまったのは中途半端な知事や地方公共団体のトップに責任があります」

「厳しい意見ですね」

「都内の区長の中には『新型コロナに感染した区民に対して見舞金を支払う』とまで言い出したたわけ者までいたくらいですからね。しかも、知事までこれを認めていた時期があったほどです。先ほども申しましたが、都内には驚くべき数の知的下層階級が存在するのです。しかも、最高学府である大学の学生の中にも多いのが情けないところです。そして、これをマスコミ、特にテレビ各局が取り上げるものですから、余計に始末に負えないのです」

廣瀬の言葉に吉國官房副長官が言った。

「知的下層階級か……言い得て妙ではあるが、廣瀬君にしては断定的な表現が多くなったな」

「危機管理業務を通じて、曖昧《あいまい》な表現では真意が伝わらないという経験を多くしてきたからだと思います。かつて、内閣情報官に報告していた立場よりも責任の度合いが高くなっていますから。申し訳ありません」

「それは私も危機管理監をやっていたからな。情報官の進言とは内容の重みが違うことは理解している。今の君の立場から見て、現政権に何か言いたいことがあったらいくつか言ってみてくれないか？　総理も聞きたいはずだ」

吉國官房副長官が笑いながら言ったため、廣瀬は総理と住吉理事長の両者の目を見た上で答えた。

「ああ、これは総理に申し上げたいところなのですが、立場が違うとはいえ、官房長官当時のような確固たる口調が減ってきて『と、思います』という答弁や会見が増えたのではないでしょうか。国のトップは今回のような国難ともいえる場合には、国民が進むべき方向性をある程度断定的に示してもらいたいのです」

「なるほど……」

「さらに言えば、官房長官、記者会見で薄ら笑いに見えるような表情で答弁するのはやめた方がいい。そういうマネージメントをしてくれる人材がいないのが、現政権の弱点だと思っています。内閣支持率が低下しても野党の支持率が上がらないからといって、油断するのは大きな間違いです」

官房長官が憮然とした顔つきで答えた。

「誰も油断なんてしていませんよ」

「そうですか……じゃあお聞きしますが、これだけ肥大した内閣官房組織の情報を、どうやって整理しているのですか？　さらに、拉致《らち》問題に関する具体的行動を被害者家族に誰が責任をもって伝えているのですか？　拉致問題に対する失政は前政権から続いているのではないですか？　これは日本外交における危機管理の最重要課題の一つだと僕は判断していますが、いかがですか？」

内閣官房のトップは総理ではなく内閣官房長官であるにもかかわらず、官房長官は何も答えることができなかった。

その前任者である首相がこれに答えた。

「内閣官房が肥大していることは認めます。これは各省の縦割り弊害をなくし、一つの案件に対して国家として迅速に対処するための過渡的な意味合いがあってのことです。廣瀬さんが言うように拉致問題に関しては少しも前進していないように思われていますが、内閣官房としてもあらゆるチャンネルを使って交渉を行い続けているのです」

「あらゆるチャンネルの一つがトランプ大統領だったとすれば、それは最もやってはいけなかった、将棋でいえば最悪手だったはずです。あれで全てがご破算になってしまった……そう思いませんか？　そして、現政権になってもその時のメンバーがほとんど居残っている。拉致問題を優先順位の上位に掲げているとは誰の目から見ても思えないのではないですか？」

官房長官が露骨に嫌な顔をすると、吉國官房副長官が笑顔を見せて割って入った。

「廣瀬君がこの政権を心配してくれているのはよくわかる。北朝鮮問題は私なりに頭を悩ませている問題の一つだからね。何か腹案があるのならば教えてもらいたいくらいだ」

「その件は折を見てお伝えする機会があると思います。話題を逸らして申し訳ありません」

「現在は一医療法人の理事とはいえ、かつては警視庁公安部の中でも世界情勢を判断する情報を最も多く収集し分析してきた君だ。新型コロナウイルス感染症対策だけでなく、国家の現状を冷静に判断できるだけの知見を備えているのだろうと思う。ところで、本題の医療体制の問題だが、医療崩壊は実際に起こりうるのか？」

「これは病院の規模と体制によると思われます。感染症専門病棟を持っていない病院はかなり厳しいと思います。先ほど理事長も申しましたように、医師よりも看護師の負担が大きいのです。しかも看護師の九割が女性です。体力的にも、家庭を守る立場からも、心身ともに疲弊しているのは確かです」

「敬徳会はどうなんだね？」

「看護師に本来業務以外の仕事はさせないようにしております」

「清掃やごみ捨て……というような分野かい？」

「はい。特に川崎殿町《とのまち》病院では開業時から全日本航空（ＮＡＬ）との関係がありますので、ＮＡＬの機内整備を担当していた部門から支援を得ています」

「そうだったな。ＮＡＬは総理とも長い付き合いがあるし、高宮《たかみや》前会長から殿町病院との関係は私も聞いていた」

これを聞いた官房長官が怪訝《けげん》な顔をして吉國官房副長官に訊ねた。

「ＮＡＬと病院にどのような関係があるのですか？」

吉國官房副長官が頷いて答えた。

「今回の新型コロナウイルス問題でもそうですが、軍隊を保持していない我が国は海外路線がある主要空港や港の直近に空軍や海軍基地を置くことができないでしょう。しかし、他の先進諸国は必ずと言っていいほど、脳、心臓、感染症といった、命に直結するような診療科目を持つ軍の病院を空港等に配置しているのです」

「軍の病院……ですか？」

「一つには空港や港には世界中のＶＩＰが訪れるからです。ＶＩＰの病気は世界の政治経済に大きな影響を及ぼします。航空機内で急病や事件に巻き込まれた際に秘匿《ひとく》して搬送することが重要です。もう一つは航空機の事故が発生した場合の措置です。航空機事故の多くが離発着時に起こっていますからね」

「なるほど……航空機事故よりもＶＩＰ優先なのですか？」

官房長官が意外そうな顔つきで呟《つぶや》くように言ったため、吉國官房副長官が穏やかな顔つきで答えた。

「可能性の問題です。航空機事故の発生は極めて低い可能性ですからね。航空機に乗って死亡事故に遭遇する確率は〇・〇〇〇九パーセントと言われています。日本国内では一九九六年の福岡空港でのガルーダ航空の炎上事故以来死亡者は出ていません。負傷者が出た事故は起こっていますが」

「なるほど……そう言えば以前、浅野《あさの》財務大臣が羽田《はねだ》空港から川崎殿町病院に搬送された事案がありましたね」

「それが代表例かもしれませんが、その他にも多数のＶＩＰや著名人が秘かに当医療法人の成田や川崎殿町の病院に運ばれているのが実情です」

「そうだったのですか……」

官房長官が理解を示したところで住吉理事長が言った。

「最近は新型コロナウイルス関連で、入管からの要請も多いのです。緊急を要する場合はやむなく受け入れていますが、本来の要請ルートではないのも事実です」

「保健所を介さずに、直接病院に連絡が入るのですね？」

「海外のＰＣＲ検査結果の中には組織ぐるみの不正があり、陽性患者が入国することもあるのです。これまでに入管から数人の重篤患者を受け入れていますが、人道的措置にも限界がありますし、本来なら警察に引き渡さなければならない案件ですからね。空港というところはある意味での国境です。もう少し厳格な入国審査をしてもらいたいところです」

「なるほど……海外の入国手続きに比べると、確かに日本の入国審査は甘いかもしれませんね」

官房長官が二度頷いたところで総理が住吉理事長に訊ねた。

「ところで住吉さんは、今年の東京オリンピックの開催についてどうお考えですか？」

「個人的にはやる意味があるのか疑問です」

「やる意味……ですか？」

「コロナに打ち勝った姿を世界に見せる……というようなことを総理はおっしゃっていたと記憶していますが、開会式までに、世界中でその結果が出る可能性はほとんどゼロに近いように思います。さらには、もし開催となればオリンピックが『スーパー・スプレッダー・イベント』になりかねないと思います。今日の商業主義と覇権主義にとらわれたオリンピックを平和の祭典などと思っている日本国民はほとんどいないのではないでしょうか。ましてや、無観客開催や海外からの観戦を拒絶するようでは、アメリカの放送網の利益を優先した、単なる場所貸し大会という、有名無実な大会として後世に名を残すことになりかねない……と危惧しています」

住吉理事長が言った「スーパー・スプレッダー イベント」とは、多くの人への感染拡大の感染源となる特定の患者を指すスーパー・スプレッダーという用語をベースにしたもので、感染を爆発的に広める行事や催し物をそう呼んでいる。

「スーパー・スプレッダー イベント……ですか……。厳しいご指摘であり、表現ですが……ＩＯＣの体質改善はもはや不可能でしょう。かといって、長い年月をかけて誘致活動を行ってきた責任も国家として取らなければならないのも事実です」

「確かに総理の苦悩もよくわかります。これは決して政治だけの責任ではないということはわかっています。これがオリンピックでなかったならば、即刻中止の判断をして、衆議院を解散した方が、与党や総理ご自身のためにはどれだけいいことか、私のような政治の素人でも判断できますからね」

住吉理事長が笑いながら言うと、総理は真顔で答えた。

「私は学生時代に、当時オリンピック種目でもなかった空手に打ち込んでいました。そして、その最大の目標は自己鍛錬ではありますが、その経緯として国内大会、国際大会の場で世界を相手にしのぎを削ってみたいという目標もありました。今のアスリートたちにとっては夢の場所であることもわかるのです」

「確かにスポーツ選手にとっては、高校球児が甲子園《こうしえん》を、ラグビー少年が花園《はなぞの》を目指すのと同じかもしれませんが、運動が不得手で学問に集中してきた人にとって、オリンピックというものはどう見えているのか……。私の周りにスポーツが得意な人が少ないからそう思うのかもしれませんが、あまりにも彼らに税金を投入し過ぎている気がしないでもないのですよ。あれだけの税金を使うのならば、国立大学という税金の無駄遣いを止めて、大学はすべて民営化した方がいいような気がします。そしてアメリカのように企業からの援助を増やすようにすれば、産学連携はもっと進むと思いますけどね」

「そうおっしゃる住吉理事長も東大医学部出身ですよね」

「はい。しかし、私は大学を出てアメリカの大学で学んで、初めて本当の大学の意味を知ったような気がしました。だから、国はいまでも霞《かすみ》が関《せき》のエリート諸君を国費でアメリカやイギリスの大学、大学院に留学させている。私の友人で、区立中学、都立高校から東大の医学部に進学して、アメリカのフルブライト奨学金でアメリカの大学に留学した極めて天才に近い人物がいますが、彼は結局日本に帰ってくることはありませんでした。貴重な人材の流出なんですよ」

「なるほど……オリンピックの話がそちらに行ってしまいましたか……今回は前回の東京オリンピックから半世紀以上経ってのことですし、都内の国立のスポーツ施設だった国立競技場、代々木競技場、日本武道館など、老朽化が進んだこともありました。いい環境整備にもなったような気がします。そこに、オリンピックで使用されたという、ある意味での『箔《はく》』がつくことで、健全な精神を宿したスポーツが興隆することも、将来を担う子どもたちの夢につながるかもしれません」

「なるほど……総理の言葉には確かに一理ありますね。私も少しは考え方を変えた方がいいのかもしれません」

住吉理事長は穏やかな笑顔でゆっくり総理に向かって頭を下げた。総理も穏やかな顔つきになって言った。

「住吉さんには今後も様々な点からご意見を頂戴できればありがたいです。それから廣瀬君、補佐官とも阿吽《あうん》の呼吸と聞いています。政府だけでなく党本部との情報交換にも力を貸してやって下さい」

「もともと、総理が一回生の時に紹介してくれたのが彼ですから、お役に立つことがあればお手伝いしますよ。と言っても僕はもう警察を離れた立場ですし、以前のような情報活動は難しいですけどね」

これを聞いて吉國官房副長官が言った。

「今でも公安部長や公安部理事官とは連絡を取り合っているようじゃないか」

「公安総務課のＩＳ担当官が優秀だそうで、彼の情報を事件担当理事官から聞いているので助かっているのです」

これを聞いて吉國官房副長官の相好《そうごう》が崩れた。「ＩＳ」つまり「Integrated Support」、統合的補助という幅広い情報収集と分析により、公安部の分掌事務全体をカバーするチームの創生を立案した人こそ、警察庁警備局長時代の吉國官房副長官だったからだ。

「ＩＳも全国的にしっかり根付いたようだからな」

「全国の公安の質が上がったことは確かだと思います。ただ……」

「ただ……どうした？」

「肝心の中国、北朝鮮情報が入らなくなっている……という声を聞いています」

「なるほど……その点は警備局長に指示しておこう」

第一章　なりすまし患者

「消化器内科二十三番の方、第四診察室にお入りください」

院内アナウンスと共に、自動受付機で渡される「ゲストレシーバー」と呼ばれるワイヤレスのバイブレータ式呼び出し機の音、振動、ＬＥＤが作動する。

これは病院内で患者の名前を呼ばない、個人情報保護の目的で使用されているシステムである。

間もなく三十歳前後と思われる女性が一般廊下から診察室内の内廊下に入り、第四診察室前の椅子に座った。

そこで消化器内科の外来担当看護師が患者の氏名等を確認し患者を診察室に入れ、そのうえで、診察室内で改めて担当医師から患者の本人確認を行うのが川崎殿町病院の外来診療の流れになっている。

「華春花《ホアチユンフア》さんですね」

「はい」

「生年月日と年齢をお願いします」

「一九八九年五月十七日生まれ三十二歳です」

「日本語は大丈夫ですか？」

「はい、もう十二年住んでいますから大丈夫です」

「今日はいかがしました？」

「最近、胃がもたれることが多くて、時々嘔吐してしまいます」

「食後に多い……ということですか？」

「はい。油ものだけでなく、湯豆腐のようなものを食べてもそうなります」

外来担当医師は問診とエコー検査、さらに血液検査のための採血をし、

「検査結果によっては胃カメラ検査を行うことになるかもしれませんので、説明書をお渡しします。前日の午後九時以降の食事は控えて下さい。水分は摂っても大丈夫です」

と、告げて、一週間後の午前九時までに再来院するよう伝えて診察を終えた。

患者が診察室を出て消化器内科の内廊下から一般廊下に出たのを確認して、外来担当看護師の福田由美子《ふくだゆみこ》が診察を終えた大野哲人《おおのてつと》医師に言った。

「先生、今の患者さん、華春花さんとおっしゃいましたが、私が知っている華春花さんとは違うような気がしたのですが……」

「えっ、どういうこと?」

「三年位前に、私が勤務していた大学病院に華春花さんという患者さんが来られたのです。中国人の綺麗な女性だったことと、私の夫と同じ誕生日だったことで印象深かったのです」

「そうですか……医事課に確認した方がよさそうですね。カルテを見る限りこの病院にも四度来ていますが、診療科目が全て違いますからね。採血をしたのは今回が初めてですね」

大野医師は直ちに医事課に電話連絡をした。

電話を受けた医事課は電子カルテの詳細確認を行った。最近は外国人だけでなく日本人であっても、他人の健康保険証を借りてなりすまし受診をする事例が増えていた。

さらには、日本国内に居住し、国内で活動する企業に雇われる外国人は日本人と同様に処遇することが原則となっている。したがって、会社員などが入る協会けんぽや健康保険組合の保険適用範囲は、本人が扶養する三親等内の親族となっている。親族の居住地が日本か海外かは問わない（章末注）。このため、母国に残した家族の高額な医療費を日本の健康保険で賄《まかな》う事例が多く報告されている。ここに外国人の正規、非正規雇用における健康保険をめぐる問題が隠されている。現状、健康保険の運営者が海外での扶養関係や診療内容を正しく把握するのは難しい面がある。

廣瀬の院内専用スマホが鳴った。

廣瀬は感染症病棟のチェックを行っていたところだった。川崎殿町病院では二重の感染予防対策を行っているため、消毒室で防護服を脱ぎ、滅菌室を経て一般病棟に出て、医事課にコールバックした。「廣瀬です。感染症病棟におりました」

「そうかと思いました。医事課ですが、ちょっとご相談があります。おこし願えますか？」

「五分で参ります」

廣瀬が医事課長席に行くと、竹林《たけばやし》医事課長が三枚の写真を見ながら腕組みをしていた。

「いかがしました？」

「中国人によるなりすまし受診のようです」

「相変わらずやっていますね。特に中国人、フィリピン人、最近ではベトナム人も多いという話をよそで聞きましたが、やはり中国人ですか……」

「今日の患者が誰かはわかりませんが、最初に来た時とは全く別人であることが電子カルテに残されている画像データによって明らかです。来院は四度目で、ちなみに、支払いにはクレジットカードが使われています」

川崎殿町病院では初診時に診察券を作る際、同時に患者本人の顔認識画像データを残すシステムを取っていた。特に近年は治療費の支払いをクレジットカード決済にする患者も多く、スキミング等で不正に作成されたクレジットカードの存在も問題になっていた。

「二回目の診療時の画像データはどうなっていますか？」

「現在データ確認中ですが、その日は現金決済をしています」

「最初の時の支払いはどうでしたか？」

「最初の時はクレジットカードです」

「カード会社は同じですか？」

「いえ、違いますね」

「なるほど……不正使用の疑いもありますね……カードのグレードは何ですか？」

「ゴールドとかではない、普通のカードです」

「クレジットカードにはランクが存在しますが、カード会社によって用意されているランクの種類やランクに応じたサービス内容は変わってきます。一般カードは、クレジットカードの中で最もランクが低く、年会費が無料なものも多くなっています。クレジットカードを試しに持ってみたい人や、特典やサービスは重視せず、基本的なクレジットカードの機能だけを利用したい人が使っています。スキミングなどによる不正利用が多いのが、この一般カードなのです」

「不正使用ですか……今日、使用されたカードについてカード会社に問い合わせてみますか？」

「いや、今やると、カード会社から所有者に連絡が入る可能性があります。使用者と共犯関係にあった場合は逃げられる可能性がありますす」

「そうか……ではどういたしますか？」

「彼女は今日、血液検査を行っているとなれば、もう一度、来院するはずですね」

「はい、来週の予定です」

「それまでに裏付けを取りましょう」

「廣瀬先生にお願いしてよろしいでしょうか？」

竹林医事課長がおそるおそる……という態度で訊ねた。

「それが仕事ですから」

廣瀬が笑って答えた。

廣瀬は不正使用された健康保険証の本来の持ち主と、過去に来院した二人の別人の画像データを記憶媒体にうつして自席に戻ると卓上の電話の短縮ボタンを押した。警視庁の代表電話から交換を通して公安部の寺山《てらやま》理事官席に接続を依頼した。

「寺山です」

「理事官、廣瀬です」

「おう、廣瀬ちゃん。交換経由は珍しいじゃない」

「今日は事件情報の提供です」

「廣瀬ちゃんの電話の八割は事件情報のような気がするけど、病院というところは本当に事件が多いところなんだね」

「どこの病院もそうだとは思いませんが、うちの病院は特殊と言えば特殊ですからね」

「客層が違うからだろうな……客という表現はよくなかったかな」

「閣僚の発言でしたらアウトですが、理事官ならいいかと思います。ところで今回は、中国人の健康保険証不正使用なのです」

「詐欺か……裏に大きな組織でもあるのかい？」

「そこまではわかりませんが、うちの病院では救急以外の一般的な飛び込み初診は受け付けていません。ということは、最初の紹介病院が関係している可能性もあります」

「なるほど……それは神奈川県なの？」

「いえ、これが大田《おおた》区の蒲田《かまた》警察署管内の病院だったものですから、ご連絡したのです」

「蒲田管内か……確かに中国人が多いことは事実だな。人定《ジンテイ》と詐欺行為の基本データを送ってくれる？」

「五分以内に理事官のプライベートアドレスに送ります」

「内容を確認して外二課長にも連絡を入れておくよ」

「宜《よろ》しくお願い致します」

電話を切った廣瀬は直ちに医事課からうつしたデータを暗号化して寺山理事官に送った。

データを受け取った寺山理事官は内容を確認して、外事第二課長の末広啓介《すえひろけいすけ》警視に電話を入れた。一時期、外事第二課長はキャリアとノンキャリが交互に就いていたが、最近は国際テロリズムを担当する外事第三課長にキャリアが就くことが多かった。

末広外二課長は外事二課の生え抜《はぬ》きで、巡査部長から警視まで、各階級で中国、北朝鮮担当のエキスパートとして活躍し、警視庁だけでなく、警察庁、関東管区内各県の外事警察担当者の中でも有名な存在だった。

「末広課長、寺山です」

「おう寺さん。公安部事件担当理事官から直接の電話は珍しいね。大事件でも起こったの？」

「まだ海のものとも山のものとも……の段階ですが、末広課長もご存じだと思いますが、公安部の情報担当だった廣瀬知剛からの情報です」

「おお、廣瀬ちゃんね。懐かしいな。今、彼はどこにいるの？」

「大手医療法人で常任理事になっています」

「病院？　彼の経歴から考えると、ちょっともったいないような気がするけど……」

「それが、相変わらず、官邸や国会にも出没しているようなんです。何といっても吉國官房副長官とは未だに深くつながっているようですから」

「なるほど……病院といういい隠れ蓑《みの》を見つけたのか」

「隠れ蓑ではないようですが、総理以下閣僚や財界のトップ等の表に出すことができない病気等も扱っているようなんです」

「なるほどな……彼らしい。ところで、その廣瀬ちゃんからの情報というのは？」

「中国人による健康保険証の不正使用です」

「保険証詐欺？　ちょっと小さいんじゃない？」

「ですから、まだ海のものとも……と言ったのです。これまで、彼が持ち込んだ事件はほとんどが大きなヤマになっているんですよ」

「そうだったの？　じゃあ面白いかもしれないな。彼の動物的な勘は未だに健在なんだな」

動物的勘という言葉を聞いて寺山理事官が訊ねた。

「課長は彼と、どこで一緒だったのですか？」

「彼がIS班長をやっている時に、当時、北朝鮮の朝鮮労働党中央委員会総書記だった金正日《キムジョンイル》の後継者筆頭の金正男《キムジョンナム》が度々、日本に密入国しているとの情報を得て、秋葉原《あきはばら》で行動確認したことがあったんだよ。その時、奴の指紋やDNAも採取できたんだ。また正男は数十億ドル相当ともいわれる金一族の秘密口座を管理する役割を担っていて、武器輸出等で得た元手で株式や不動産に投資していたことも廣瀬ちゃんの情報だったよ。その結果、日本国内とマカオ、香港の銀行にある金一族の隠し金の一部を発見できたんだ」

「なるほど……彼らしいな……正男のディズニーランド事件の時はどうだったのですか？」

「あの時は外相がどうにもならない人だったからね。ああいう人を外相にしてしまったのは、変人総理の数少ないミスの一つじゃないかな。せめて一度でも廣瀬ちゃんに取り調べをさせてやりたかった……そう思ったものだよ」

末広外二課長はため息交じりに言うと、やや間を置いて続けた。

「とにかく、情報の幅が広くて深くて正確だったことを、当時のキャリア課長が驚いていたな。一連の金正男関連の情報を警察庁警備局長に伝えたところ、警備局長にはすでに、警備局長の大先輩の内閣危機管理監から報告が来ていたらしく、その情報元が廣瀬ちゃんだった……と呆れていたよ」

「その時の内閣危機管理監が今の吉國官房副長官ということですからね」

「よしわかった。中国の事件担当に調べさせてみよう」

末広課長は直ちに事件担当管理官を寺山公安部理事官席に向かわせた。

外事第二課事件班は十人態勢で捜査本部を蒲田署内に置き、廣瀬からの情報を分析した。

本物の華春花は大田区六郷《ろくごう》のアパート暮らしだった。彼女は中国残留孤児三世だった。彼女は中国残留孤児だった祖母とともに、五歳のときに日本に来ていた。

「健康保険証の発行元からも明らかなように、現在は大手IT企業に勤めていますね。日本に帰化することなく、現在でも特別永住者証明書を所持しています」

特別永住者証明書は、特別永住者の法的地位等を証明のために交付される。氏名、生年月日、性別、国籍・地域、住居地、有効期間の満了日などが記されており、十六歳以上の者には顔写真が表示されている。

「珍しいな……というか、ある意味不思議な気がしないか？　中国残留孤児三世を主張することに何かメリットでもあるというのか……」

捜査本部で捜査主任官である警部の日比野征夫《ひびのゆきお》係長と捜査主任の松坂紀一《まつざかのりかず》警部補が、法務省の外局である出入国在留管理庁と厚生労働省社会・援護局援護企画課中国残留邦人等支援室から取り寄せた資料も並行して調査しながら話し合っていた。

「初入国の時は祖母を中心に十六人が一気に入国している。さらに、その後、残留孤児・婦人の親族呼び寄せ範囲が養子や継子にも拡大された結果、一人の残留婦人である彼女の祖母について、中国人夫の連れ子五人と実子六人をはじめ、ひ孫まで総数七十九人が入国だぜ」

日比野係長があきれたように言った。

「そのうち六十二人が生活保護を受給していたのですか……そして三十八人が逮捕されて強制送還ですか……不正受給期間が十年……何もかもが杜撰《ずさん》ですね。そして何よりも、犯罪者一族の中に唯一というか、まともに就職できているのが彼女だけ……ということですか？」

「掃き溜めに鶴……というやつかな。それにしても中国残留邦人は人権がからむので特に審査が甘かったということだったんだろうな。書類が揃っていれば、確認もろくにしなかったんだろう。今でも一部地域では被生活保護者ばかりというところがあるようだからな」

「それにしても、よくあの大手ＩＴ企業に就職できたものですね」

「今、捜査員を会社に送っている。健康保険証の使用状況とレセプトも確認中だ」

「他の二人ですが、親族ではないようです」

「健康保険証の使い回しを指示している誰かがいる……ということか……」

「ばれない……とでも思っているのでしょうか？」

「誰も損をしない……捜査二課の話では、不正使用している連中の中には本気でそう考えている奴が多いらしい。特にヤクザもんは、まともに税金など払っていないし、生活保護を受けている輩までいるからな」

「暴対法のおかげで、ヤクザもんの生活も昔とは違う……ということですか……」

「ヤクザもんの多くは不摂生の積み重ねだからな。レバーを壊している奴や、シャブに手を出してボロボロの身体になっているもんが多いんだ。そういう輩は医療費もかかるからな」

「最低な悪循環ですね」

「だからヤクザもんやってんだろう。足を洗おうにも足抜けさえできない……そういう連中が増えてきているのも事実だ。だから半グレなんかに馬鹿にされて、都心の美味しいシマを荒らされてしまうんだ」

「新宿《しんじゆく》、六本木《ろつぽんぎ》……ですか？」

「そうだな。一部の経済ヤクザにとっても、以前ほど不動産業では儲けが出なくなってきているようだからな。身内の不動産業者から裏名簿を仕入れたり、一部のエリートＩＴヤクザから金を出して仕入れる、いわゆる名簿商法を利用するしかない……ということだ」

「情けない時代になったものですね」

「確かにそうだが、昔からヤクザもんの仕事だった産廃や港湾の仕事に、一流企業が進出して、奴らの仕事を奪ってきたということだ」

日比野係長が吐き捨てるように言った。

翌朝一番の捜査会議で新たな捜査結果が報告された。

「健康保険証保持者の華春花ですが、都立高校卒業後、アメリカのスタンフォード大学に留学して、卒業後、現在のＩＴ企業に就職しています。頭脳明晰、日、英、中、独の四ヵ国語をネイティブ並みに使いこなすそうです」

そういうと、捜査員が「これが現在の彼女です」と写真を回した。

この報告に会議がざわついた。

「三十二歳には見えない。それに美人だな……」

「留学には金がかかるだろう……生活保護詐欺をやっている一族で誰がそんな金を出したんだ？」

「それが、渡航費用と学費は国際的社会奉仕連合団体からの給付型奨学金を受けて、生活費は現地でのアルバイトでしのぎ、大学卒業時には成績優秀者として奨励金をもらって就職したそうです」

「いるんだな……そういう天才のような人物が……それが、こんなつまらん詐欺で人生を棒に振らなくてもいいのに……」

「身内、もしくは、何らかの背後組織があって、身動きが取れない状況にあるのかもしれないな」

会議の議長役の日比野係長がざわついた会議を一喝した。

「重要参考人の華春花は、まだ容疑者ではないが、一連の詐欺事件の第三者でも、これに全く関与していないわけでもない。極めて共犯関係に近い状況にあることを忘れないでもらいたい。次の報告を」

別の捜査員が報告を始めた。

「華春花名義で、この五年間に健康保険組合から支出された金額は三百万円を超えています。歯科医だけで四ヵ所もあり、そのX線データを確認すると、全てが別人でした」

再び会議がざわついた。

「さらに、三百万円の内訳の中には、中国国内で使用された医療費が二百万円含まれていますが。その内容は、どこまでが本物なのか、全く証明できないものがほとんどだということです」

「日本の健康保険が食いものにされている……ということですか？」

「そういう事実もあるということです。特に中国、フィリピン、韓国のように一人の成功者に対して身内がたかる傾向のところに多いです」

「確かにそうだな……最近は不良ベトナム人の入国も増えているな」

　再び日比野係長が口を挟んだ。

「外国人労働者は、今後の日本には必要不可欠になる可能性が大なんだ。特に、介護や清掃といった日本人の若者がやりたがらないけれど、誰かがやらなければならない仕事に外国人の力を必要としているのは事実だからな。これに対して、外国人労働者斡旋企業も出てきているんだが、そのうたい文句が『人手不足だが、資金の余裕があるわけではなく困っている。正社員を雇用したいが、採用費をあまりかけたくない。そんな社長様に』などというとぼけた外国人労働者紹介のプロフェッショナル企業もあるんだ」

「まるで外国人労働者を安く買い叩いているようですね」

「悪い、私が会議を止めてはいけなかった。報告を続けてくれ」

「華春花は会社に対して、健康保険の件も申し訳ない旨を伝えているようですが、彼女の仕事はそれ以上の成果を上げているため、人事部や総務部も黙認しているそうです。しかも、このIT企業は一時期、中国に進出していたのですが、アメリカの合弁企業から圧力を受けて撤退した際にも、彼女の交渉力が非常に役立ったということです」

「進出ではなく撤退にか……余計に労力がいるだろうに……」

「現在、この五年間で国内でかかった医療機関は東京、千葉、神奈川で十七という異常さですので、その確認作業を彼女の勤務記録と擦り合わせ中です」

さらに別の捜査員が報告を行った。

「川崎殿町病院で診療を受けた華春花と別の二人の人定が取れました。一人は特別永住者証明書を、もう一人は在留カードを交付されています」

在留カードは、新規の上陸許可、在留資格の変更許可や在留期間の更新許可など在留資格に係る許可の結果として法務大臣名で交付されるもので、中長期間滞在できる在留資格及び在留期間をもって適法に在留する者であることを証明する「証明書」であり、また従来の旅券になされる各種許可の証印等に代わって許可の要式行為となるため「許可証」としての性格も有している。

「特別永住者は張心悦《チャンシンユエ》二十九歳、長期在留者は王依然《ワンイーラン》二十八歳で、二人とも都内北区《きた》に居住しています。現時点で華春花との接点は不明で、中国の出身地も張が福建省《ふっけん》、王が四川《しせん》省と全く異なっています」

「やはり、背後に大きな組織がありそうだな……張と王の詳細な人定は？」

「現在裏付け捜査中で、本日中にはわかるかと思います」

「現在地はわかるか？」

「現在、二人の携帯電話から位置情報を確認しています」

「そこまでわかっているのか？」

「彼らは国際電話を架ける可能性が高いため、大手電機通信事業者三社に照会を出したところ、華を含む三人ともヒットしました。現在、その通話記録に関しても捜索差押令状で情報取得中です」

「通話記録の分析も早く頼むぞ」

　蒲田警察署に捜査本部を置きながら、捜査メンバーを本部員だけで編成するのは極めて珍しいことだった。

　捜査は順調に進んでいた。その日の午後、三人の重要参考人の携帯電話の半年分の膨大な通話記録が押収された。

「すぐにデータ解析して、いつもどおりの手順を踏んでくれ」

日比野係長が指示を出した。

かつては電話の通信記録は紙に印刷されたものが提出されていたが、ようやくデータで受け取りができるようになった。かつては、紙の記録を高速スキャンしてＯＣＲでデータ化していたため、識字率の低さから読み合わせに多大な時間を要していた。現在はその手間がないため、ソートが非常に楽になっていた。

「三人が共通する架電先で最も多いのが〇三五三四四＊＊＊です。相互に電話を架けあった形跡はありません」

「やはり第三者が介在していたんだな。〇三五三四四＊＊＊の契約者の詳細を至急調べてくれ」

「後日令状渡しで、とりあえず電話で確認します」

捜査の結果「〇三五三四四＊＊＊」の契約者は警視庁麻布《あざぶ》警察署管内にある中国料理材料販売会社であることが判明した。

「裏稼業か……この会社の全部捜査を至急進めてくれ。それから、この会社の電話全ての通話記録、わかる範囲の従業員全ての人定と携帯電話番号を解析してくれ」

日比野係長はそこまで指示を出すと外事二課長に応援要請の電話を入れた。これを受けて、外事二課長はすぐに寺山公安部理事官に電話した。

「廣瀬ちゃんの案件だが、そちらの予想どおり大きく広がりそうなんだ。公総の調査部門から遊軍担当を派遣できないか？」

本来、捜査本部の遊軍担当というのは、最も優秀なチームが就くのが慣例である。外事二課長が自前の職員ではなく、あえて公安総務課から遊軍を求めるということは、この事件の重要性を認識して、有能な指揮官がいる優れたチームを送ってもらいたい……という意味である。

「遊軍ですか……係長以下でいいのですね」

「誰か……そう、廣瀬ちゃんのような指揮官が急ぎ欲しいんだ」

「なるほど……ＩＳ担当の秋本《あきもと》理事官と相談してみますよ」

「秋本か……奴もよく、あそこまで這い上がったものだ。奴もある意味では、廣瀬ちゃん同様ファンタジスタだからな」

外事二課長は警視庁サッカー部出身だけあって、イタリア語の「想像」という意味のファンタジア（fantasia）に人を意味する語尾「-ista」をつけたファンタジスタ（Fantasista）というサッカー用語をよく知っていた。イタリア語におけるファンタジスタの原意は「多芸多才な人」であるが、サッカーの世界では、ずば抜けた技術を持ち、創造性に富んだ、意想外のプレーを見せる天才的な選手のことを指した。

「まあ、天才の一人でしょう。警部補時代の彼を、警視正のキャリアが恐れた人材だったわけですからね」

外事二課長は寺山理事官の対応に感謝しながら電話を切った。

寺山理事官はふと、秋本誠一郎《せいいちろう》が公安部管理官に返り咲いた時のことを思い出していた。

秋本は警部時代、公安部始まって以来の不祥事といわれた、外事情報の漏洩《ろうえい》事件の責任を当時のキャリア幹部から押し付けられ、西多摩《にしたま》警察署で八年間にわたって管理職警部として飼い殺し同然の状態に置かれていた。

この実態を憂慮した廣瀬が、かつての上司だった元警察庁警備局長の吉國正晴が内閣官房副長官に就任した際に、「無実の罪」として進言した結果、秋本は公安部公安総務課管理官として返り咲いたのだった。

秋本は、予想もしていなかった異動に感謝し、その後、実力をいかんなく発揮し、公安部の新たなエースとして人望を高めていたのだった。

公安部理事官としての秋本は警視庁本部の理事官級警視の中では珍しくプレイングマネージャーとして動く存在だった。

この日も秋本は東京駅の皇居側である丸《まる》の内《うち》の大手総合商社の社長と社長室で歓談していた。

「どうなんでしょうね。このコロナ騒動は。世界中の流通が滞っているにもかかわらず、株価だけは上がっているんですからね」

社長が株式相場の話をすると秋本は頷きながら訊ねた。

「総合商社のように売りだけではなく買いもあるわけで、為替リスクをも上手く使うところは、あまり影響はないんではないですか？」

「いえいえ、世界中が動いていないということは原油がだぶついているので、原油の先物取引価格が上がってしまうのですよ。そうなると、国内の輸送業が大変なだけでなく、原子力発電のほとんどが止まってしまっている以上、発電に用いる石油やＬＰＧの高騰は、あらゆる製造業に打撃を与えてしまいますからね」

原油の先物取引価格高騰の背景にはポストコロナを見据えた景気回復期待と、それを見越した産油国の減産による価格戦略という供給要因がある。これに加えて、ポストコロナ社会は脱炭素社会でもあり、全世界的に石油の需要が大幅に減るとも予想されている。このため、石油業界は原油の需要が減る中で、利益を維持するためには価格を上げざるを得ない状況になっているのだった。

「勝ち組なき世の中で、最もバーチャルに近い株式相場だけが機関投資家の道具にされている……ということですか？」

秋本の質問に社長が軽く応じて話題を中国に切り替えた。

「そうですね。中国だって、全人代の報告を見ると相当厳しいと思いますよ」

「李克強《りこくきょう》は所信表明にあたる政府活動報告で、二〇二一年の実質経済成長率目標を『六パーセント以上』と最低値の設定をしていましたからね」

「六パーセントというと、日本を始めとした資本主義国家からみれば高い数値に思えますが、そのほとんどが不動産の上昇分でしょうから、実質的な対外輸出等を考えれば、最低ラインを強調する意味合いがあると思われます」

「それは、習近平《しゅうきんぺい》が推し進めようとしている強硬路線の布石かもしれませんね。台湾問題、香港の選挙制度の改革や、内モンゴル自治区での少数民族同化政策など、国境問題や人権問題で世界中を敵に回す可能性がありますからね」

秋本の的確な受け答えに、社長は頷きながら言った。

「対日関係がどうなるのか……ですね」

「中国の国防部は、中国公船の尖閣諸島周辺における領海侵犯について『今後も常態化していく』と声明を出しています。ただ、来年の冬季北京《ペキン》オリンピックが終わるまでは、対日関係において派手なことはやらないと思います」

「全人代というところは、最高の議決機関と言いながら、実は施政方針演説のような感じですからね」

「今年は異例中の異例で、黄砂が北京を覆っていましたが、いつもの全人代の時は、北京の空は比較的綺麗なんです。その原因を北京の住人は『吹牛（ほら吹き）が集まってスモッグも吹き飛ばすからだ』と言っていますよ」

これを聞いた社長は声を出して笑いながら言った。

「秋本さんとの話は本当に愉快なんですよ」

この時秋本のスマホのバイブレータが動いた。秋本がディスプレイを見てメッセージを確認した。

「外二捜査本部への要員派遣について、外二課長は遊軍を所望《しょもう》」

これを見た秋本は瞬時に頭を巡らしているようだった。

「何かありましたか？」

「何か事件が起こったようです」

「ほう。秋本さんは事件捜査もなさるのですか？」

「一応警察官ですから、現実に起こった事件は最優先で処理しなければなりません」

「ほう。これまでにも犯人を捕まえたことがあるのですか？」

「捜査一課の刑事のような派手な事件は取り扱ったことはありませんが、国家の安寧《あんねい》に係わる事件捜査で犯人を逮捕したことはあります」

「切った、張ったではなく、もっと大きな事件ですね」

「被害者がある限り事件に大小はないとは思いますが、保護すべきものの大小はあります。特にこれが国家ともなれば、最優先に取り組まなければなりません」

「秋本さんのような方が日本警察にいらっしゃるから、私たち一般人は仕事に打ち込むことができるのです」

社長が笑顔で言った。


情報提供者の会社を出ると秋本はタクシーで警視庁本部に戻った。

「寺山理事官、外二の事件はどのようなものなのですか？」

「中国人グループによる健康保険証不正使用の詐欺事件なのですが、背後にまだ大きな事件を抱えているような気がします」

寺山理事官は秋本理事官よりも年長で、期別も先輩、しかも理事官としての着任も早かったが、秋本のいわれなき不遇の時期のことを知っていただけでなく、秋本の能力を高く評価し、しかも、現在の秋本が警察庁警備局長の直轄になっていることも知っていたため、秋本に対しては敬語を使っていた。秋本もまた本来ならば公安部全体の事件担当である寺山理事官の能力を知っていたし、寺山理事官が本件をわざわざ秋本本人に伺いを立てた背景に、大きな存在があり、これがＩＳ情報につながるものである可能性を感じ取ってのことだと理解しているようだった。

「遊軍を外部に頼むというのは、外二課長らしくないですね」

「今、外二は北朝鮮のヤマを抱えているんですよ。また、今回の案件は所轄を巻き込まない方がいいとの判断もあるようです」

「なるほど……端《はな》から捜査員が足りない状況で着手した……ということですか……。情報提供者を守らなければならないほど、大きな事件なのか、被疑者が逃亡してしまうような案件なのでしょうね……」

「そうかと思います」

「それでは調査七係の篠原《しのはら》係長以下十一人の一個班でいかがでしょうか？　あそこにはＩＴと北京語に通じている佐藤《さとう》主任と、追っかけのプロの日下部《くさかべ》主任の部隊がいます」

「なるほど……確かに向いているかもしれません。それでは私が公安総務課長に了解を取ってきます」

寺山理事官は調査第七係の担当管理官に指示を出して、公安総務課長室に向かった。

蒲田署の捜査本部は全員が警視庁管内を駆けずり回っていた。

「日比野係長、もう手一杯です」

「仕方がない。一週間勝負なんだ。身内が被害者になった殺人事件を捜査しているつもりで、一つずつ着実に進めてくれ」

そこに外事二課長から電話が入った。

「これから、公総調七の篠原係長以下十一人が遊軍として応援に入る。その中から、さらに三人を遊軍として残して、日比野係長が仕切ってくれ」

情報組織だけでなく、捜査本部には必ず遊軍の存在が必要となる。遊軍として投入されたチームも必ず、何らかの新たな分野の捜査を割り当てられることになるため、これを見越して遊軍の中の遊軍の存在が必要となるのだった。

「篠原が来てくれるんですか」

日比野係長が嬉々とした声で訊ねると、外二課長が笑いながら答えた。

「秋本理事官のご指名だそうだ。公総でも優秀なチームらしいぞ。負けるなよ」

外事二課長の電話から二時間後、篠原係長以下十一人が捜査本部に現れた。すでに十一人分のデスクが用意されていた。

日比野係長が事案の概要を説明すると、全員がメモも取らずに頷いて聞いて、篠原係長が質問した。

「健康保険証不正使用の詐欺事件は取っ掛かりですか？」

「まだ、どこまで伸びるのか皆目見当がつきませんが、この詐欺に関係していることがわかった貴陽商行《きようしようこう》という会社のバックに在日本中国大使館の元参事官がいるようです。奴は今こそ党の要職を離れて実業家になっていますが、過去に、六本木の中華料理店のオーナーを兼務して、当時の首相やその夫人、さらには首相が影響力を持っていた当時の通産省幹部を巻き込んだ大掛かりなスパイ事件の総元締だった経緯があります」

日比野係長の説明に篠原係長が訊ねた。

「おそらく、その元参事官は薬膳料理屋にいた奴だと思いますが、それが今は、健康保険証不正使用詐欺までやっているのですか……」

「奴のことは篠原係長もご存じでしたか？　中国人の不正入国や生活保護の不正受給

など、ありとあらゆる手段で日本国の金を引っ張っている可能性が高いのです」

「警察大学校の講義で、外事二課に籍を置いていた警察庁の外事情報部長が話していたのを思い出したのです。まず、取っ掛かりの健康保険証不正使用詐欺案件で何人引っ張るか……ですね。三人の中で現行犯逮捕となるのが来週の王依然でしょうから、この時までに二十四時間体制で華春花と張心悦に視察体制を組むか、携帯による位置情報を確認しておくか……の二つになります」

「この人数ですので、視察体制を組むのは難しいですね、担当者を四人にして、二日ほど行動確認すれば、本人の癖や特徴を摑むことができるのではないか……と思います」

頷きながら篠原係長が訊ねた。

「なるほど……では四人の行確《コウカク》担当を決めておきましょう。貴陽商行に関しては当面通信傍受を行いますか？」

「それによって、組織を解明したいですね。ここには監視カメラを複数設置して画像解析と、所有車両に対するNシステム登録を行い、運転者の人定確認を行いたいと思います。それから貴陽商行の経理全般について国税に報告しておくのもいいかと思います。事件性があれば合同捜査に持ち込むことができます」

Nシステムとは、自動車ナンバー自動読取装置のことで、科学警察研究所の発案を発端として、一九八〇年代後半に同研究所が日本企業と合同で開発したものである。日本の道路に警察が設置する、走行中の自動車のナンバープレートを自動的に読み取り、手配車両のナンバーと照合するシステムである。最初に設置された警視庁では、ナンバーの頭文字（Number）を取って、「Nシステム」と呼ばれるようになった。また、日本の高速道路のインターチェンジにある車両番号読取装置は「AVIシステム」で、現在はNシステムとリンクされて捜査に使用されている。

「貴陽商行の会社データに関してはDBマップから検索してみます。昨年末までのデータなら入っているはずですから。最近の中国の強硬路線に一石を投じるきっかけになるかもしれませんね……」と篠原係長が言うと、DBマップの活用を忘れていた日比野係長が大きく息を吐いて答えた。

「捜査資機材の有効活用を忘れていました。今回の捜査で共産主義国家の悪性を資本主義各国に対してアピールできればいいと思います。おそらく、奴らは世界中で同じようなことを組織的にやっていると思われますから」

DBマップとは、警視庁捜査第一課の特殊班が開発した、民間の航空住宅地図と企業情報を合わせたもので、例えば地図から、あるビルを指定してクリックすると、そのビル内にある企業や個人宅のデータが現れるシステムである。検索や蓄積が容易にできるよう整理された情報の集まりを意味する「データベース（英：database, DB)」と地図（map）を合成させた、膨大なデータを扱う現代の情報システムでは最重要と言える技術を結集している。この企業、個人情報に関しては、いかなる民間のデータベースよりも詳細である。

篠原係長は十人の部下を瞬時に振り分けてチームを組ませると、三人の遊軍を残して直ちに現場に送った。

この一連の動きを見ていた外二の事件総括主任の内山《うちやま》警部補がため息交じりに日比野係長に言った。

「これが公安捜査のプロ集団なんですね……誰一人メモも取らずに個人情報まで暗記している……。おまけに、あの篠原係長は警察大学校で習った案件まで覚えているんですからね。しかも、残した三人の遊軍は、すでに事件チャートの作成を始めていますよ」

捜査本部を立ち上げる際に、最も大事な資料が事件チャートである。このチャートには事件の概要、被害者、容疑者、その他関係者が相関図として図示されており、これを見れば大まかな事件概要が一目でわかるようになっている。捜査幹部の間では、このチャートの作成能力が捜査指揮能力のバロメーターになると昔から言われている。

「あらゆる公安事件に精通しているチームのようだな。もう地域部にNシステムの照会依頼をしているからな……。席についてパソコンを一人二台ずつ取り出して、仕事を始めて十五分で、もう貴陽商行の保有車両の中から、必要と思われるものを抽出した……ということだ」

「DBマップを使うこと自体、我々は忘れていましたからね」

「普段あれだけ、捜査資機材の有効活用とか、宝の持ち腐れとか言っていた我々が、まさに宝を放っておいたわけだな……」

「それにしてもDBマップの進化も物凄いことになっているのですね」

「陸運局のデータがリンクしているとは思えないが、情報管理課でも確かに車両ナンバーや車体番号から車両の所有者を特定できるからな……」

外二の捜査員が驚く中、遊軍として残された三人は黙々と作業を続けていた。

この頃、廣瀬は医事課と逮捕当日の打ち合わせを始めていた。

「先日、消化器内科に来た女性の本名はまだわからないのでしょう？」

「いえ、王依然という四川省出身の二十八歳、東京都北区在住の長期在留者です」

「もう、そこまでわかっているのですか？」

「日本警察の捜査力を馬鹿にしてはいけませんよ」

「馬鹿にするなんて滅相もないことですが、それにしても、健康保険証名義人の華春花さんはどうなっているのですか？」

「彼女は健康保険証を発行している大手ＩＴ企業に現在も勤めています。ただ、彼女自身も中国残留孤児三世という、複雑な環境で育ったようで、彼女の意思とは違った形で健康保険証が利用されている可能性が高いのは事実です。しかし、共犯関係にあることもまた事実です」

「複雑な環境……ですか……可哀想といえば可哀想ですね」

「確かに中国残留孤児の二世や三世の一部では、暴走族からマフィア化している実態もありますが、華春花さんのように、あるところまでは懸命に努力して成長した人がいるのです。そういう人を悪の道に引き込もうとする輩を、何としても一網打尽にしてもらいたいものです」

廣瀬の言葉に竹林課長が頷きながら言った。

「そういう話をされている廣瀬さんは、まだ警察官のようですね」

「危機管理という仕事をしていることもありますが、正義感だけは忘れないようにしているだけです。さて、当日の話ですが、外来予約は午前中ですから、警察官は第一応接室で待機してもらいます。華春花の名前を語る王依然が診察券を受付機に入れた段階で、医事課の職員が彼女を第二応接室に案内して下さい」

「診察室には入れないのですね」

「他の患者さんとは接することがないようにします。第二応接室に案内している間に警察官は移動してもらいます。第二応接室で逮捕令状を執行する際に、暴れる虞《おそれ》がありますので。内廊下から、表に出さず、医事課の裏廊下を通って非常用出入口から外に出します。警察車両はそこにスタンバイさせておきます。万が一、容疑者に連れがいる場合もありますので、その際には防犯カメラを確認して、同様の措置を取って下さい」

「連れ……ですか……そこまで考えていませんでしたが……」

「はっきり言って、先日の血液検査の結果はあまり良好なものではなかったようです。本人もその自覚症状が気になっていると思われます」

廣瀬の言葉に竹林課長が心配そうな顔つきで訊ねた。

「ガンですか？」

「その可能性があるようです。したがって、警察にもその旨を知らせて東京警察病院との連携も必要になります。犯罪者とはいえ、生命身体の安全だけは確保してやらなければなりませんが、それを日本国の税金で賄ってやる必要もありません。警察もすでに彼女の資産関係まで調べ上げているとは思いますが……いざとなれば強制送還してやれば中国政府が支払うことになるでしょうが、その可能性はないと言っていいでしょうね」

「もし、強制送還となると、彼女の生命身体の安全は確保されない……ということですか？」

「それなりの富裕層でない限り、中国共産党は見向きもしないでしょう。獄中死を待つだけですね。それが中国ですから」

平然とした口調で言う廣瀬の顔を竹林課長は啞然《あぜん》とした顔つきで眺めていた。

当日の午前八時四十五分に華春花の名前を騙《かた》る王依然が、中年の女性と一緒に正面入り口から病院内に入ってきた。防犯カメラの画像認識システムがこれを感知すると医事課と廣瀬のデスクのパソコンにアラームを鳴らした。

既に警視庁公安部外事第二課の捜査員は車両二台で到着し、四人の捜査員が二人の応援女性警察官と第一応接室でスタンバイしていた。

その少し前、当日の捜査指揮官だった日比野係長は廣瀬の部屋で雑談をしていた。

「病院の防犯カメラシステムも多く見てきましたが、この病院は空港に設置している最新システムと同じなのですね」

「そうですね。特にカメラレンズと画像解析システムは特別なものを導入しています。病院というところは様々な犯罪者のターゲットとなりやすい場所ですからね」

「そうなんですか？」

「今回の新型コロナウイルス問題でも、自暴自棄になった感染者が乱入してくる場合もありますし、保険金詐欺、医療従事者に対する暴行脅迫等、病院というところは案外、弱者なんですよ」

「なるほど……それで最近は警察ＯＢが多く再雇用されているのでしょうね」

「そうだと思います。最近、日本人の中には悪しきアメリカナイズが浸透してしまって、自分の権利ばかり主張する患者も増えているんです。アメリカの腫瘍内科専門医、腫瘍分子細胞学者の上野《うえの》直人《なおと》先生という方が、五年ほど前に執筆した、『一流患者と三流患者』という本があります。うちのような飛び込みの外来患者が少ない病院でも、問題患者の最たるものはその本に掲載されているような……案外、その本を読んで、『そんなこともできるのか……』と勘違いしている人もいるのかもしれませんが、文句しか言わない患者がいるんです」

「いろんな患者がいるんでしょうね」

「勘違いも度を越えると、犯罪に近いことを平気でしてしまうのです。特に、若い医師は社会経験が決して豊富ではありませんから、聞いていると気の毒な要求を患者から受けています。そういう患者を当院に紹介した医師に対しては『今後、貴院からの紹介を受けかねる』旨を伝えると、だいたい動揺しますね」

「お医者さんにもいろんな方がいますからね」

「そうですね。特に医者は出身校や医師会に加入、未加入など派閥が多く、うちのような無派閥のところに嫌がらせをしてくる医者も少なくないのです」

「ところで、一番ひどい患者の例ではどんなのがあるのですか？」

「これも本を読んだ影響だと思うのですが、『診察で先生から受けた説明をそのまま文章にして、メールで送って下さい』というものですね」

廣瀬が笑いながらいうと、日比野係長が呆れた顔つきで訊ねた。

「本当にそんな馬鹿な患者がいるのですか？」

「それが、大会社の社長の奥さんなんですよ。後で調べてみると、その奥さんも大会社の社長の娘だったようで、常識も教養もない人で有名だったようですが……」

「そのドクターはどうされたのですか?」

「その場でお断りできなかったから仕方ないですね……病気や手術について事細かく説明してメールをしたそうです。ただ、彼女を紹介した医師に対して、以後の措置は
そちらで責任をもって対処するよう伝え、患者にはその旨もメールに書いておいたそうです」

「それで収まったのですか？」

「数日後に来院したそうですが、事実関係をご主人の社長、もしくは弁護士に相談するよう伝えて追い返したそうです。その後は何もなかったようです」

「なるほど……」

日比野係長が笑い出した時に廣瀬のデスクのパソコンがアラームを発した。

「さて、参りますか」

日比野係長は瞬時に引き締まった捜査員の顔つきになって席を立った。廣瀬もこれに同行した。

この時、待機していた捜査員は患者の王依然と同行していた中年女性の画像を警視庁本部に送り、人定を取っていた。

第二応接室に案内された王依然と付き添いの中年女性は怪訝な顔をしていたが、まさか自分たちが行っている犯罪が露見しているとは思ってもいない様子だった。

応接室の奥のソファーを勧めて、二人が座るのを確認すると、案内した医事課の女性が穏やかな笑顔を見せて言った。

「すぐに担当者が参りますのでお待ちください」

第二応接室は音声だけでなく鏡の後ろにある隠しカメラでビデオ撮影もされている。

医事課の女性が退室して十秒後に応接室の扉をノックして、男性捜査員二人と女性捜査員二人の計四人が入室した。

年長に見える男性捜査員が王依然に向かって言った。

「王依然さんですね」

「えっ……」

王依然が困惑した顔つきで隣の中年女性を見た。中年女性も状況を全く把握できていない様子であたふたしている。これを見て捜査員が中年女性に言った。

「貴陽商行社長、王思辰《ワンスーチエン》氏の奥さんの劉　佳悦《リユウジヤーユエ》さんでしたね」

二人の顔から血が引いていくのが誰の目にも明らかだった。

捜査員が二人の様子を見て言った。

「王依然さん、あなたがこの病院で華春花さんの健康保険証を使って診察を受けていることは、日本の法律に違反しています。この件に関しては既に日本の裁判所から逮捕状が出ています」

そう言うとおもむろに背広の内ポケットから逮捕状を取り出し、王依然に見せながら内容を読み聞かせた。王依然は細かく震え始めたが劉佳悦は、急に脇を向いて知らん顔をしていた。

捜査員が女性警察官を見て頷くと、女性警察官は手錠を取り出し王依然の横に行った。王は劉にしがみつこうとしたが、劉はその手を振りほどき、その場に立ち上がると捜査員に言った。

「この子が悪いことをしているとは知りませんでした。逮捕するのならして下さい。私は帰ります」

これを聞いた王依然が驚いた顔をして言った。

「お母さん、それは酷《ひど》い。私はあなたたちのいうことを聞いただけ……」

「私は知らない。何も知らない」

女性警察官が王に両手錠を掛けると、王は大声で、中国語で劉に向かって泣き叫び始めた。しかし劉はこれを無視して立ち去ろうとした。捜査員が言った。

「劉さん、あなたもこの詐欺事件の共犯であることは明らかです。警察は直ちにあなたの逮捕状を請求します。刑事訴訟法第二百十条に基づき、あなたを緊急逮捕いたします」

「逮捕状もないのに逮捕はできません。弁護士を呼んで下さい」

「もちろん、弁護士は呼びますが、この病院に呼ぶことはできません。警視庁蒲田警察署まで同行願います」

劉は海千山千の修羅場を潜りぬけてきたかのような態度で言った。

「あんた、私にそんな態度をとって、あとであんたの家族がどうなっても知らないよ」

「今の発言は全て録音されています。脅迫罪の現行犯でも逮捕いたします」

すると、劉は急に大声でわめき始めた。

この様子を隣室から鏡越しに見ていた日比野係長と廣瀬はゆっくりと椅子から立ち上がって、第二応接室に向かった。応接室に入ると日比野係長が口を開いた。

「劉さん。騒げば騒ぐほどあなたの立場は不利になりますよ。おそらく、今頃、あなたのご主人の会社にも警察官が入って、ご主人から話を聞いていると思いますし、捜索差押も始まっていると思います。また、ご主人が今回の詐欺事件と同様の指示を出していることも証拠がありますから、そろそろ逮捕されているのだろうと思います」

「主人が……逮捕……会社はどうなるの？」

「それは経営者の姿勢次第でしょうが、貴陽商行の本業が何なのか、税務署も興味津々だと思いますよ」

「税務署……」

劉が言葉を失っていた。そこに日比野係長は追い打ちをかけるように言った。

「税務署は警察と一緒に、大田区山王《さんのう》にあるあなた方の自宅にも強制捜査を行うはずですから、何が出てくるか楽しみですね」

これを聞いて劉はガックリと腰からその場に崩れた。

「被害届はすでに健康保険証を発行している健康保険組合が提出していますが、病院で使用実態を証言していただきたいのです。どなたかお話しできる方はいらっしゃいますでしょうか？」

日比野係長が訊ねると、廣瀬がすぐに答えた。

「はい、事務長にも当院の代表権がありますし、事実関係をよく把握していますので、同行させます。本人も了承しておりますから」

（注）令和二年四月より健康保険の被扶養者は原則「国内居住者」に限定された。

第二章　バックグラウンド

捜査はさらに人員が投入された。強制捜査初日に華春花、張心悦、王依然の三人の身柄を押さえていたからだ。さらに貴陽商行の捜索差押結果から、同様の健康保険証不正使用案件や生活保護費の詐取等、多くの事件に発展することが明白になったからだった。

「外二の捜査なのか公安総務の捜査なのかわからなくなってきました」

日比野係長が担当管理官の田澤稔《たざわみのる》警視に言った。

「外二はいっぱいいっぱいだからな。ただ、公総も気を使ってくれて、公総の調査班だけでなく公機捜からも三個班入れてくれたようだな」

公機捜は公安機動捜査隊の略称で、警視庁公安部の執行隊である。執行隊というセクションは形式的には本部員であるが、独自で捜査本部を設置するわけではなく、本部各課の支援に入るのが通常である。したがって、執行隊である程度の捜査能力を身に付けた者は所轄からの一本釣りよりも優先的に本部各課に入ることができるが、全員がそうなるわけではなく、執行隊のまま除隊した者が、その後、その部の本部員になることはほとんどない、厳しい立場にある。

公機捜から川崎殿町病院事件の捜査本部に投入されたのは警部の土田《つちた》修二《しゅうじ》中隊長以下十六人だった。その全員が公安部員としての経験はなく、巡査部長、警部補の階級で所轄の公安係員としての経験は持っていた。

警部補の班長一人、巡査部長の主任四人の五人で一班を構成している。巡査、巡査長はいなかった。

「各班に一人ずつ、パソコンに長《た》けた者が配置されています」

「それはよかった。今どき、パソコンができない本部員はいないだろうが、捜査管理システムの機能を全て使いこなすことができる者はまだ少ないからね」

日比野係長が土田中隊長に言うと、土田中隊長は捜査本部員の各テーブルを見てため息交じりに言った。

「これが公安部の捜査本部なんですね。紙が全くない。所轄はまだ紙が中心ですから」

「チャートを印刷した段階で、もう公安捜査じゃないよ。資源保護のためのペーパーレスなんていう問題ではなく、どれだけ頭に入れておくか……が問われているんですよ」

「なるほど……最近の警察学校でも教科書というものが減ってきていますが、紙とデジタルでは紙の方が理解力が大きいという報告もあります」

「それは誰がどういう意図で調査したことなのかわからないが、パソコンのキーボードは算盤《そろばん》と一緒で、手ではじくうちに文章を記憶するようになればいいだけだという人も多い。現に、アメリカや中国の高校生でノートとペンを持っている者はほとんどいないようだからね」

「なるほど……暗算と同じ……ということですか……。公安部員は全員がブラインドタッチなんですか？」

土田中隊長が訊ねると、日比野係長が笑って言った。

「懐かしいことを言うな……キーボード操作の際にディスプレーと供述者の顔を交互に見ていなければならない状況で、キーボードなんか見ている暇はないでしょう？」

「やはりそうですよね。所轄じゃまだ少ないんですよ」

「公機捜は所轄じゃありませんよ。少なくとも公安のプロ集団のはずです。今回、この捜査本部に来た人でキーボードを見なければならない人はいますか？」

「数人はいると思います」
「その人は取調担当から外した人員配置をお願いします」
土田中隊長の顔が引き締まった。

朝一番の捜査会議では全員がパソコンを開いている。捜査本部に入った段階でパソコンを捜査本部専用のサーバに接続する。このため様々なデータベースへのアクセス権限が捜査責任者である田澤管理官の支配下に入る。このため、これまで警視庁本部で担当管理官の支配下にあった、日比野、篠原の両係長は捜査本部が設置された蒲田署長配下のサーバに接続することになる。田澤管理官、係長二人、中隊長一人の三人の警部が全員のパソコンに対するアクセス権限を有することになる。警部補は自分の班員のパソコンを支配するが、警部補同士、巡査部長同士のデータ共有は、担当警部の了解がない限りすることができない。このため、班長たる警部補は班員四人の捜査状況を全て把握しておかなければならない。

捜査会議では新たな捜査情報が発表されるので、どの警部補のチームがどのような捜査をやっているのかを、会議の中で知ることができるのだ。

しかし、席順はバラバラなため、誰がどの警部補のチームなのかは、本来の所属のメンバーにしかわからない。

全員の顔を覚えた頃には、捜査は終結しているのが通常だ。しかし、時折、顔見知りや、かつての同僚が捜査本部にいた場合には、初めて横の連絡をつなげることができる。

刑事部や生安部の捜査では横の連絡を取るために「団結式」「中間慰労」などと称して飲み会を行うこともあるが、公安部はごく限られたメンバーでしか飲み会をやらない。特に、今回のように所轄員がおらず、本部員だけで行う特殊な捜査の場合、発起人がいないからでもある。

「本部員だけの捜査本部は初めてです」

「そうだよな。今回は特殊……といっていいかと思うよ。蒲田署長も場所を貸しているだけで、署にとって何のメリットもない捜査本部だからね」

「オリンピックで無観客試合をやらされているようなものでしょう。庭を荒らされて、しかも全く把握していなかった犯罪組織を摘発されるわけですからね。おまけに蒲田署長は歴代刑事部と相場が決まっていますから……。それでも、今の署長は時々『激励』として差し入れをしてくれるんです。ありがたいことですよ。しかし、最後まで所轄を入れないのですか？」

「それは何とも言えないな。公安捜査で最も怖いのは情報の洩れ……だ。捜査対象も馬鹿じゃない、日頃から警察とも何らかの接点を持っているはずだ。ある程度目途《めど》が付いた段階で所轄を入れることになるかもしれないが、今が一番大事な時だ」

「よくわかります。食品を扱っている中国人は、当然ながら中華料理屋とも縁があるわけで、蒲田署本署だけでなく、交番でも、本署の留置場でも中華料理の出前を取っているでしょうからね。もちろん、そういう店は署の公安係が身体検査を行っているはずですが……」

警察署への様々な出入り業者のチェックは厳しい。

「蒲田署の公安係は、中華料理店、焼肉店、エスニック料理店等の外国人経営者に関しては、しっかり把握できているということだ」

「よかったです」

「蒲田と言えば、羽根付き餃子が誕生した餃子界の聖地的存在の場所の一つだからね」

「しかし、蒲田の三大餃子のオーナーは日本人なんでしょう？」

「よく知ってるな……大連《だいれん》の焼饅頭にヒントを得た……という話を聞いたことがあるよ」

「捜査期間中に一度は行きたいものですね」

本部捜査員の多くは警視庁管内にある百二の警察署に捜査応援に派遣される。捜査応援に派遣された捜査員にとって大きな楽しみの一つが、各署にある、地元で有名な美味い店の存在である。警察官の給料の範囲で美味しい、いわゆるB級C級グルメである。応援を迎え入れる警察署側もこれを当然ながら知っていて、和洋中のお勧め店のリストを用意しているところもある。

捜査員にとって、刑事訴訟法第二百三条に基づき、犯人を逮捕し四十八時間以内に検察庁に身柄を送致した日だけは、犯人の身柄がないため、ゆっくりと昼食を取ることができる。

「ホシの数は当面、あと何人位になるのですか？」

土田中隊長が訊ねると、日比野係長も首を傾《かし》げて答えた。

「いわゆる芋づる式になってしまったからな……貴陽商行のガサだけでも二十人は超えるだろうな」

「蒲田署は巻き込まないのですか？」

「蒲田署にどれくらいの余力があるか……にもよるからな。第二方面の基幹署だし、刑事部と組対部も特捜が入っているからな」

「刑事と組対のどちらも殺しのようですからね」

「刑事は捜一のようで、ホシはすでに挙がっているらしい。『花の捜一』とはいえ、単独犯が多いからな。それに比べて組対事件や公安事件の単独犯は極めて稀《まれ》だからな」

「着手して芋づる式……というのは公安事件ではよくあることですからね」

「一網打尽が公安捜査だからね。ガンの手術と一緒で病巣を完全に、根こそぎ摘出しなければならない。ガンを転移させてしまっては最悪の結果になるからな」

「なるほど……それで、次の身柄は誰になるのですか？」

「ちょっと気になる資料が出てきたんだ」

「本件とは全く違う事件なのですか？」

「そう。今、管理官と理事官が公安部長室に呼ばれている」

「外事第二課の事件には変わりないのですか？」

現時点では外事第二課が主導する事件であったものが、それ以上の事件が芋づる式に発覚した場合には、その大きな事件は全く違う所属による捜査本部を立ち上げることがある。

「そう。大使館関係者の名前と、以前からつながりが噂されていた国会議員の名前が出ている」

「国会議員……ですか……国会会期中ですから、秘密の保持が面倒ですね」

「そうだな……貴陽商行という会社がそこまで大きなことをやっているとは思わなかった」

「一番大きなことはなんなのですか？」

「海産物の輸出入に使う自前の船舶で、密入国者を輸送していた。しかも国内のチャイニーズマフィアに流れる覚醒剤まで運んでいたんだ」

「密入国と覚醒剤……そんなことに大使館が関わるのですか？」

「大使館関係者のマネー・ローンダリングだな」

「マネロン……ですか……そうすると組対部も関わってくるのですか？」

「マネー・ローンダリングは組織犯罪対策総務課の附置機関、警視庁マネー・ローンダリング対策室の分掌事務だからな……。おまけに組対総務課長もキャリアだし、公総課長の方が年次は上だが、キャリア同士の問題もあるからな」

「私たちの知らない世界の話ですね」

「そういうこと……そうなると捜査本部が面倒なことになってくるからなあ。まあ、同じ組対でも三、四、五課じゃない分、まだいいけどな……」

日比野係長の言葉を聞いて我が意を得たかのような顔つきで土田中隊長が言った。

「マル暴と銃薬ですね。昔から公安を邪険に扱っている連中ですからね」

警察組織改編前の暴力団捜査は、刑事部の捜査第四課と生安部の銃器薬物対策課に分かれていた。そして、この二つの課が最も忌み嫌っていたのが公安部だった。この二つの課が現在は組織犯罪対策部の三〜五課に集約されていた。

「公安を全く知らない連中だから困るんだ。未だにマル暴と裏でつながっている……なんてことを平気で言う奴がいるからな」

「覚醒剤も入っていますが、これには組対五課は入れなくていいんですか？」

「シャブは公安でも何度かやったことがあるからな。ただ量が多すぎると組対五課が乗っかってくる可能性はあるけど、公安ネタだから、大手を振っては来ないだろう」

「それにしても大きなヤマになってきたんですね」

「ああ、ネタ元がネタ元だったからな……」

「神奈川県内の病院らしいですね。よく神奈川県警が動かなかったものですね」

「マル被が東京だったし、情報提供者に当たるその病院の危機管理のトップが元公安のエースだったらしい人なんだ」

「今流行りの院内刑事ですか？」

「その元祖だったそうだ。公総では知らない人はいないらしいんだけど、ある意味で伝説のような人なんだそうだ」

「そんな人がいるんですか？」

「公安部長も未だに一目置いているし、それ以上に首相官邸でもその名前がとおっているらしいんだ。私も今回の逮捕時に一度会っただけなんだけど、外二課長がそう言ってたよ」

「そんなOBがいるんですか？」

「OBとはいえ、まだ五十歳前だからな……」

「えっ、そうなんですか？」

「四十代前半で管理職試験に受かって辞めたんだってさ」

「もったいない……病院の危機管理担当でしょう？」

「普通の危機管理担当ではなくて、国内でも有数の医療法人の常任理事でもあるんだって。年収は軽く一千万を超えているらしい」

「軽く……ですか……」

「そうじゃなきゃ辞めないさ。おまけに政財官の要人に顔が利くわけだからな」

「それは公安時代の人脈ですか？」

「そうらしい。俺たちと同じノンキャリだからな。ま、いろんな人がいる……ということだ」

二人の警部が話をしているところに公総の篠原係長がやってきた。

「捜査本部が拡大するようですね。組対総務課から管理官以下が入ってくるようです」

「マネロンですね」

「このため、捜査本部のトップに寺山理事官が就いて公安部長指定事件になるようです。間もなく部長電が出るようで、蒲田署からも要員が投入されます。明日、朝一で公安部長を頭にする捜査会議が開かれるそうです」

「篠原係長はどこからその情報を仕入れたんですか？」

「たった今、秋本理事官から電話が入りました。公総から第三担当の管理官、外二は横田《よこた》理事官、公機捜からも副隊長が入るようです。外二の仕切りであることは変わりありません」

「久しぶりの大事件に発展したわけですね」

「そうなりますね。日比野係長、大変ですが総括担当をよろしくお願いします。事件の全体を記したチャートは私が作りました」

「ありがとうございます。それにしても参ったな……被疑者十人以上の事件を仕切るのは初めてですよ」

公安部の各捜査員は懸命に資料の分析を行っていた。中でも公総調七担当のメンバーは篠原係長の指示を受けながらパソコンだけでなく警視庁本部のビッグデータを駆使して、全容の解明を進めていた。

「篠原係長、マネロンはだいたいこんな感じですね」

「なるほど……大使館関係者が本国から持ち込んだ人民元の現金を円に換えて、日本で蓄財するのか……」

「まだ人民元は流通しているのですね」

「そうですね。中国国内で外国為替デリバティブを行えば、国家に丸見えになってしまいます。ですから中国国内のなるべく地方都市に行って現金をかき集めてくるのです。賄賂《わいろ》は現金でなければ意味がありませんから」

「確かに現金以外の賄賂はありませんよね。日本でも『実弾』と呼ばれているくらいですから……」

「中国人民元／円のレートは約十七円。十Ｌｏｔ（十万通貨）保有するための必要証拠金は約六万八千円と、他通貨ペアに比べて安いのが特長なんです」

「なるほど……デリバティブというとどのような形で利益をあげるのですか？」

「スワップポイントでしょうね。中国人民元は高金利通貨で人気なんです」

金利の異なる二つの国の通貨を売買するときに発生する金利差を日割したものがスワップポイントで「金利差調整分」とも呼ばれる。

「金利……ですか？」

「中国人民元の金利は現在四・三五パーセント、日本の円はマイナス〇・一パーセントですから、その間には四・四五パーセントの金利差があることになります」

「なるほど……」

「現在の中国人民元の一Ｌｏｔあたりの買スワップポイントが六円の時に、中国人民元／円を十Ｌｏｔ（十万通貨）買ってポジションを保有し続けると、一日で六十円、十日で六百円、一ヵ月で千八百円、一年で二万千九百円のスワップポイントを受取ることができる計算です」

「六万八千円に一年で二万千九百円の利息が付くようなものですか？」

「そうですね。実に美味しい話ですが、スワップポイントは金利情勢により変動するため、将来において、現時点で主要ＦＸ会社のスワップポイント一覧表に掲載されている金額を保証するものではないことを理解していなければなりません。ただ、中国の政府高官とつながっていれば事前に情報が流れるでしょうから、あまり失敗することはないかもしれません」

「篠原係長はそういう分野にも詳しいのですね」

「いえ、付け焼き刃ですよ」

篠原係長は笑ったが、公総の係長にとってこの程度の金融知識は常識だった。篠原が言った。

「さて、また明日から忙しくなりますよ。今日は団結式でもやりませんか？」

「蒲田餃子ツアーはいかがですか？」

「いいですね。蒲田署の警備代理を呼んでもいいですか？」

「ここは警備代理が公安担当ですか？」

「私の後輩なんです。今後、彼の力を借りることも多いかと思います」

篠原の言葉に日比野が笑って言った。

「篠原さんのご指名ならありがたいです。あまり長い捜査本部にはしたくないのですが、ちょっと先が見えない状況ですからね」

「二方面本部長も明日はやってくるようですよ」

「二本部長……誰でしたっけ？」

「前の外事一課長の赤江《あかえ》さんですよ。公安部参事官で本部に戻りたくて仕方ないのでしょうけど……」

「やや難あり……ですね」

「そのとおり。嫌な奴ですよ」

篠原が声を出して笑った。

公安部の中でも外事第一課と外事第二課ほど温度差が違う部署はない。これが同じ公安部内でも極左担当の公安一課と右翼担当の公安三課では、対象の質や考え方が全く正反対であるため「わかり合う」という感覚が全くない反面、お互いを慰め合う関係になる。しかし外事の場合、一課がヨーロッパ、二課がアジアという分類のため、ロシアと中国が対立している時はいいが、今日のように、マルクス・レーニン主義の思想の流れを汲む国連安保理常任理事国の二巨頭が、手を組む情勢になると、現場で相互の情報を交換する余裕がなくなる。しかも、かつてキャリアが外事一課長や二課長に交互に就いている時は、警察庁内でトップが情報交換をしていたようだが、現在ではそれがなくなっている。

「外三の国際テロリズムもアルカイーダとアメリカが手打ちをしようとしている時な

んだから、オリンピックが終わったら、もう一度、外二課長はキャリアの方がいいような気がするけどな」

篠原の言葉に外二の係長の日比野が答えた。

「公総のように常にトップがキャリアだとかえってやりやすいような気がするんですよね」

二人の話を聞いていた土田中隊長が言った。

「私は今までキャリアの上司に仕えたことがないのですが、そんなに違うものですか？」

日比野が答えた。

「キャリアの方が楽なんだよ。あまり上を見ていない……というか……警察庁に行けばまた変わってくるのでしょうけどね」

「でも、公安部参事官も公安部長もいるわけで、かえって近いところに大物がいすぎるんじゃないか……と思うんですけど……」

「公総課長ったって、所詮警視正でしょう？　参事官が警視長、公安部長以上が警視監。警視正なんて警視監から見れば下っ端なわけなんですよ」

篠原の説明に日比野が訊ねた。

「なるほど……そうなるとノンキャリは全く相手にされていない……ということですか？」

「ノンキャリの警視以上が気になるキャリアは警務部参事官、つまり人一《ヒトイチ》課長だけでしょうね。確かにキャリアの課長は人にもよるけど、よほどのミスをしない限りノンキャリを飛ばすような人事はしませんからね……」

「そういうものですか……しかしノンキャリの中でもキャリアと対等のように付き合っている人もいらっしゃるでしょう？」

「それは稀有な存在ですな……」

「例えば、昔、公総にいらっしゃった廣瀬さんとか……」

日比野の言葉に篠原が反応した。

「日比野さん、廣瀬さんを知っているんですか」

「今回の事件の情報提供者が廣瀬さんだと伺いましたし、私も廣瀬さんとお会いして話をさせて頂きました」

「えっ。廣瀬さんと？　どこで？」

「川崎にある病院です。医療法人の常任理事をされています。篠原係長は廣瀬さんとお会いしたことはないのですか？」

「廣瀬さんは公安部でも伝説の人ですからな……いまだに廣瀬信者と言われる理事官、管理官クラスは多いんですよ。今のＩＳ担当の秋本理事官なんかその代表のような人です。その秋本理事官から私はこの現場に行くよう指示を受けたんだけど……廣瀬さんのことは何も言っていなかったな……。ねえ、日比野さん、廣瀬さんってどんな人でした？」

「普通に腰の低い人でしたよ。伝説の人という話は聞いたことがありましたが、そういう強烈な印象は受けませんでしたね。ただ、頭のいい人だな……という印象はありましたけど……」

「どんな話をしたんですか？」

篠原の態度が急に低姿勢になったことに驚きながら日比野がその時の話を伝えると、篠原は何度か頷きながら言った。

「その大会社の社長の奥さんの話だけど、おそらく、それをやったのは医者じゃなくて廣瀬さん本人だと思うよ。いいなあ、伝説の人物と実際に話ができたんだ……」

「そんな人には見えなかったけどなあ」

日比野はその時のことを思い出してみたものの、やはり廣瀬がそのような大物には思えなかった。

その後三人は蒲田署の警備代理を誘って団結式名目で蒲田名物の餃子ツアーに出かけた。

翌朝、蒲田署の訓授場で公安部長以下八十人に膨らんだ捜査本部の捜査会議が始まった。

各所属のトップは昨日篠原係長が言ったとおりのメンバーだった。

公安部長の訓示の後、刑事畑の蒲田署長、植村徹《うえむらとおる》警視正が緊張した面持ちで挨拶をした。公安総務課第三担当管理官が司会をし、外事第二課の横田理事官が捜査責任者として指示を行った。

その頃、廣瀬は港区赤坂《みなとあかさか》にある医療法人社団敬徳会東京本院の大会議室で理事会に出席していた。

「十二月決算の結果はお手元の資料のとおり、敬徳会の黒字は百二十二億円という結果になりました。なお、新型コロナウイルス対応は従来どおり、成田と川崎のみ対応し、福岡からの支援体制は第三波の終息を見とおす段階まで継続する予定です」

「福岡のインバウンド患者治療は減少していると思われますが、その対応策はどうなっていますか？」

昨年度まで、福岡分院の収益の三分の一が中国の富裕層のＰＥＴ診断、人間ドック、ガン治療で占められていた。

ＰＥＴとは「positron emission tomography（陽電子放出断層撮影）」の略で、放射能を含む薬剤を用いる、核医学検査の一種である。ＣＴなどの画像検査では、通常、頭部、胸部、腹部などと部位を絞って検査を行うが、ＰＥＴ検査では放射性薬剤を体内に投与し、その分析を特殊なカメラでとらえて画像化することにより全身を一度に調べることが可能である。

「九州だけでなく、広島以西、四国を含めた地域にある国立がんセンター等と患者の棲み分けをはかりながら、ガンの早期発見治療を行っています。また福岡市への一極集中が進む中、福岡市に支社等を持つ企業とのタイアップや、産業医の派遣を行っています。派遣の要請が増えたのは、特にテレビドラマ『＃リモラブ』の主人公の産業医が福岡市博多《はかた》区出身だったことも影響したようです。このため、中国人富裕層の減収分をほぼ解消している状況です」

福岡分院の岡田《おかだ》院長の発言で理事会に笑いが起きていた。

産業医とは、労働者の健康を保持するため、専門的立場から指導・助言を行う役割の医師のことをいう。

企業は従業員の人数が五十人以上の事業場ごとに、産業医を選任する義務がある。働き方改革関連法の施行により法律上の権限が強化されたことや、ドラマの主人公の職業になったことで注目を集めている様子だった。特に新型コロナウイルスをきっかけとする大手企業のテレワーク導入による、新入社員や一部のテレワーク不得意世代のメンタルケアの面でも産業医の存在が大きくなっていた。

さらに福岡分院の岡田院長が続けた。

「福岡分院では、廣瀬常任理事からのアドバイスを得て、コンピュータ関連企業や家電量販店にも積極的に働きかけ、コスト削減のためだけでなく、職員の生活の質を向上させる目的から企業、地方公共団体、非営利団体にもテレワークの推進を勧めてきました」

「テレワークの推進はそんなに大事なことですか？」

一人の理事の質問に岡田院長が笑顔で答えた。

「福岡分院では開院時から、九州内の僻地《へきち》医療に携わる医師ともリモート診断の体制を組んでいます。これもある種のテレワークと考えていますが、テレワークの従業員はオフィスや作業スペースを必要としません。照明や空調などのコストも経営サイドは考える必要もなく、何よりも通勤時間や渋滞に巻き込まれる時間を減らすことができ、渋滞による大気汚染を軽減し、道路上の車の数を減らすことができるのです。また痴漢に遭う心配も痴漢に間違われる心配もなくなるわけです。これは廣瀬常任理事の受け売りですが……」

これに再び理事が質問をした。

「しかし、福岡分院はほとんどが個室のはずです。ベッドが空いているのではないですか？」

「とんでもない。一部のフロアをいくつかの大手企業とタイアップして、その従業員のリモートスペースとして貸し出しています。おかげで食堂もフル回転していますし、コーヒーショップはWi-Fiを搭載したラップトップデバイスやタブレット型コンピュータを持った客でいっぱいです。もちろんソーシャルディスタンスはとっています」

「病室の使い方としてはいかがなものか……と思いますが……」

「いえ、従業員が休職を希望する場合や、体調不良での欠勤、遅刻、早退が続いているなどの状況が確認された場合に、産業医は『休職面談』も行います。こういう方々を受け入れているのですから、立派な医療行為です」

岡田院長の回答は明快だった。

理事会が終わると岡田院長が住吉理事長と廣瀬のところにやってきた。

「昨年の今頃、この先どうなることやら……と心配しておりましたが、廣瀬常任理事の先を読んだアドバイスを頂戴いたしまして、福岡分院は万全の体制を組むことができましたし、成田や川崎に余剰人員を派遣することによって職員も安心しているところです」

「それはひとえに岡田院長の行動力以外の何物でもありません。僕は経営に携わる者として、まず、職員の確保を第一に考えただけです。これだけ優秀な職員を集めることができるのも、福岡分院が職員に安全、安心に働ける環境を整え、なおかつ、能力に見合ったペイをしているからこそです。また、ホテルのような病院が、まさにホテルのように活用されることは、今後の病院運営に新たな一面を加えたような気がしています」

「しかし、廣瀬常任理事の発想はどこから湧き出てくるものなのですか？」

「無駄をなくす……単にこれだけです。あらゆる無駄を省くと、必要なものしか残りません。それをさらに特化していくと、よりよいものが生まれてくる。私が公務員時代に肌で感じていた無駄を民間だからこそそぎ落とすことができるのだと思っています」

廣瀬が笑顔で答えると、住吉理事長が付け加えた。

「役人の世界はいまだに無駄が多すぎますね。特に、国会議員を始めとして、議員という職業の人は、今の半分以下で十分です。彼らが利権のために新たな無駄を作り、そこに税金が投入されてしまう。今回開催されるオリンピックを見ればよくわかります。私が東京都民を止めたのはオリンピック開催を目指した時ですからね。そんな金があるなら、もっと学問を学ぼうとする人たちに使うべきです」

岡田院長は深く頷いていた。

第三章　コロナ妊婦

東京本院を出た住吉理事長と廣瀬は官邸の裏にあるザ・キャピトルホテル東急のオールデイダイニング「オリガミ」で排骨拉麵《パーコーメン》を食べながら話し合った。

「なかなか外食ができない今、ここのパーコーメンを食べるとホッとする……というか、贅沢な時間だと思うようになりましたよ」

「そうですね。食材だけでなく、自由に時間を使うことができるのが贅沢なんですよね」

「一口にパーコーメンと言っても、ここのパーコーメン、本当はパーコーラーメンなんですよね」

「確かにメニューには排骨拉麵と書いていましたよね。排骨は本来中国語で豚などのスペアリブ、すなわち骨付きばら肉の意味ですからね」

「欧米ではポークリブ（pork ribs）と呼ぶ部分だよね」

「そうですね。これがバーベキューリブになると、三番町にあるトニーローマは年に何度かは行きたい店の一つですね」

住吉理事長と廣瀬の共通する最大の話題が酒と食に関するものだった。

「ここの排骨拉麵、あのビートルズが宿泊した東京ヒルトンホテルの総支配人リチャード・ハンデルが、日本で人気があるメニューを海外からのゲストに発信したいと考案されたそうです」

「そういえば、ヒルトンを東急が引き継いだのでしたね。ヒルトン時代からのメニューだったのですか……」

「麵はお箸に慣れていない外国の方が時間をかけて召しあがっても大丈夫なよう、伸びにくい工夫がされているのだそうです」

「それが、このの越しに通じるんですね。白ネギ、万能ネギ、ラー油、七味唐辛子をトッピングできるのも、ここだけの排骨拉麵の味わい方ですね。麵も美味しいですが、何といってもこの排骨ですよね」

廣瀬が排骨にあたる国産豚ロースを二度揚げした、外はさっくり、中はジューシーな肉を箸でつまんで口に入れじっくり味わって言うと、住吉理事長も排骨を口に運んで満面の笑みを浮かべながら答えた。

「やはりここの排骨は一味も二味も違うんですよね。This is 排骨拉麵ですね。廣瀬さんはこの店は長いのですか？」

「はい。実はここには学生時代に、父のお供で週に二、三回通った時期があったのです」

「ほう、学生時代から……ですか。それも週に三回……というと、まるで今の総理みたいですね」

「世の中の裏側を色々と教えて下さる『最後の政商』と呼ばれた方がいらっしゃいましてね。不思議と可愛がられていたのです。その方ともよく来ました。その方はいつもご自分専用の『スモークサーモンサンドウィッチ』をオーダーされていたのですが、僕は八割方、排骨拉麵でした」

「最後の政商？　もしかして東北の老人のことかい？」

「理事長もご存じでしたか？」

「老人が国会からの臨床尋問を受けた時の担当医が私だったのですよ」

「えっ。そうだったのですか？」

「おかげで私も政治の裏側につながる医者……と看做《みな》された時期もありましたけどね」

「実際は違ったのですか？」

廣瀬が真顔で訊ねると住吉理事長は笑いながら答えた。

「医者として信頼されただけです。当時はちゃんと診療行為を行っていましたからね」

「なるほど……おっさんが臨床尋問を受けた頃、私の父も当時の政治家の方々との付き合いから、東京地検に事情聴取を受けたようでした」

「ほう。それは初耳ですね。それで廣瀬先生は政治の世界に詳しいのですか？」

「僕の父は設計士兼土建屋だったのですが、父の事務所の隣が政治家の事務所だったのです」

「なるほど……そこまで聞いただけで、いろいろありそうですね」

排骨拉麵を食べ終わった二人はコーヒーを注文して住吉理事長が話を続けた。

「それにしても、今回は総理に言い過ぎたかな……と、少し反省もしているのですよ」

「僕も、吉國官房副長官が同席されると、ついつい言ってしまいます。特に、官房長官に対しては『もう少し、本来の仕事をしろよ』という気持ちが大きくなってしまうのです。総理が官房長官時代にやっていた情報収集の力量とは雲泥の差がありますから」

「確かに官房長官時代の総理には、いぶし銀にしては珍しい華がありましたからね」

「だからその時の政権が長く続いたのだと思いますよ。相手が総理であっても、たまに苦言を呈するくらいの官房長官でなければ政権は持ちませんから」

「そうですね。政府内だけでなく与党二つの政党だけでなく、シンパ的な政党とも巧《うま》く連携しなければなりませんからね」

「それでも、自らの意思で総理の座に就いたのですから、まさに自助、共助、公助ですね」

「厳しいですね」

「国のトップですからね。ご本人も覚悟はしていらっしゃることだと思います。おまけに、理事長も総理に対して冗談半分でオリンピック中止の話をされていらっしゃいましたが、自分の政権を長持ちさせることだけを考えれば、理事長の意見は的を射ていたと感じました。おそらく総理もわかっているはずです。僕は、総理がすでに自分の後継者育成に取り掛かっているような気がするのです」

運ばれてきたコーヒーを口にして住吉理事長が訊ねた。

「なるほど……解散せずに、今年九月末の党総裁選を考える……ということですか？」

「何とも言えません。僕としては一年間ではもったいない。荒波の時期だけでなく、少し落ち着いた情勢下でもう少しやって欲しいと思ってはいるのですが……。次の総理候補が党内で育ち切っていないのが実情ですからね」

「それもこれもコロナ次第……ということですね」

「はい。これは何も政権だけでなく、殿町病院も同じなのですが……」

「殿町もやはり大変ですか？」

「看護師の皆さんが本当によくやってくれています。経営の立場にいながら、心から頭が下がる思いです」

「経営者としては目に見える形で応えなければなりませんね」

「今期は利益などいりません。成田も同様かと思いますが、コロナ対策に従事している職員に対しては正当な対価を実感してもらいたいものです」

「私もそれを考えていました。当法人四病院の事務長会議を早急に招集しましょう」

ひとしきりの話が終わり、廣瀬が席を立とうとすると住吉理事長がウェイターを呼んで言った。

「お願いしていたものを持ってきてくれますか」

「ご準備はできています。お車も車寄せに回しております」

「ありがとう」

ウェイターに礼を伝えて住吉理事長が廣瀬に言った。

「感染症病棟の皆さんに少しばかりのお土産《みやげ》を届けてもらいたいと思って」

「喜ぶと思います」

「荷物になるので車で帰って下さい」

正面玄関に出ると住吉理事長専用車の横に二人のホテルマンが大きな紙袋を二つずつ手にしていた。思わず廣瀬が訊ねた。

「こんなに……ですか？」

「感染症病棟だけでも現在は百二十人はいるでしょう。一人一つはあると思います」

「もしかしてバナナブレッドですか？」

「さすがにお見通しですね」

「喜ぶと思います」

「廣瀬先生にはこれを……」

「これは？」

「バナナブレッドのフレンチトースト版……というところです。廣瀬先生が大好きなブランデーによく合いますよ」

「何から何までお心遣いをいただき感謝いたします」

廣瀬は警察官当時に身に沁み込んだ四十五度の敬礼を住吉理事長に行った。住吉理事長も思わず廣瀬の真似をしたが、これに気付いた廣瀬は住吉理事長が直るまで、敬礼を続けていた。

住吉理事長担当の運転手が廣瀬の乗った車を川崎殿町病院のＶＩＰ棟の車寄せに付けると、予《あらかじ》め、車内から連絡をしていた総務課の職員が車のドアを開けるなり、廣瀬に言った。

「廣瀬先生、産科が大変なことになっているようです」

「どうしました？」

「他院からの受け入れ依頼を受けている妊婦さんがいるようなんですが、新型コロナウイルスに感染しているらしいのです」

これを聞いて廣瀬は即座に動いた。

「すぐに向かいましょう」

廣瀬が産科病棟に向かうと産科の雨宮梢《あまみやこずえ》医長が廣瀬の姿を認めて駆け寄ってきた。

「廣瀬先生、お忙しいところ誠に申し訳ありません」

「新型コロナウイルスに感染した妊婦さんの受け入れだって？」

「はい。大学時代の先輩からで、横浜《よこはま》市内の産科の診療科目がある中規模病院から、出産が近い妊婦さんの受け入れ依頼を受けたのです」

「私の部屋で詳細をお伺いしましょう。それから院長、感染症内科の判田《はんだ》医長も呼んで下さい」

廣瀬は様々な状況を頭の中で巡らせながら自室に向かった。

数分後、雨宮医長が院長と感染症内科医長判田誠一郎《せいいちろう》を伴って医事課の奥にある廣瀬の部屋にやってきた。廣瀬が川崎殿町病院院長の福永潤三《ふくながじゅんぞう》に頭を下げて言った。

「院長をお呼びたてして申し訳ありません」

「いやいや、危機管理に関することなのでしょうから、こちらの方が説明しやすいのだろうと思って参りました」

「はい、すでに雨宮医長からお聞き及びのことかと思いますが、産科に出産が近い妊婦の受け入れ要請がありました」

「詳細は廣瀬先生が帰ってきてから聞くことにしていたのですよ」

そこで雨宮医長が事情を説明した。

横浜市の中心部にあるベッド数八十床の中規模病院の産科医師であり、そこの理事長の妻に当たるのが、雨宮医長の大学時代の先輩だった。この中田《なかた》総合病院の産科は横浜市内でも有名で、特に病院食や介護食などの「摂養料理」に取り組んでいた。

「病院食に関してはうちの取り組みにも似ていますね」

福永院長が笑顔で言うと廣瀬も頷いて答えた。

「『摂養料理』という言葉は初めて聞きましたが、都内にあるキリスト教系の病院でも、レストランの内装や食器などの調度品も本格的で、午後のティータイムや産後に家族と楽しむフルコース料理といったサービスを整えているところがありますけどね」

これを聞いて雨宮医長が言った。

「実は、日本食生活文化財団という財団法人が食に携わる功労者をたたえる食生活文化賞という賞を主催しているのですが、賞の部門として昨年初めて設定したのがこの『摂養料理』なんです。病院食のイメージアップだけでなく、地元を中心に安全安心な食材を使い、長年、健康に配慮したメニューに取り組んでいる熊本市内の病院を表彰しています」

「食生活の文化財団ですか……面白いな……話を戻しましょう。食が出てくるとついつい引き込まれてしまう私の悪い癖です」

廣瀬が頭を下げると福永院長も微笑んで言った。

「こういう話題は、頭の回転が良くなっていいことだと思いますよ。コロナ、コロナだけでは、いい考えも浮かばなくなりますからね」

雨宮医長も思わず微笑んだが、表情を引き締め直して説明を続けた。

「実は私の先輩も、この妊婦さんが原因で新型コロナウイルスに感染してしまったのです」

「えっ」

福永院長が表情をこわばらせた。廣瀬が雨宮医長に訊ねた。

「どういう経緯だったのですか？」

「彼女のご主人である理事長の知り合いのお嬢さんだったそうで、違う病院から緊急転院されて、診察した結果、新型コロナウイルスに感染していることがわかったのです。先輩も医師として、相応の新型コロナウイルス対応をなさっていたようなのですが、ご自身が新型コロナウイルスに感染してしまうとは思っていなかったのです」

「患者さんは何週目くらいなのですか？」

「妊娠三十八週で出産間近なのです。先輩の病院にもご主人のお知り合いから頼まれた形の緊急入院だったため、最初は一般病棟で入院させたようなんですが、病棟から院内感染が発生して、クラスター化してしまったようなのです」

「すると、妊婦さんが感染したのは、その病院ではなく、もっとその前の病院で感染した……ということですか？」

「そうなんです。その病院は彼女のご主人の病院と提携している病院だったらしく、その時、妊婦さんが新型コロナウイルスに感染していたことを知っていたのかまでは、明らかではありません。ただ、彼女のご主人からの強い要請だった……ということなのです」

廣瀬が首を傾げながら訊ねた。

「このご時世で、妊婦さんとはいえＰＣＲ検査は必須だと思うのですが……」

これに雨宮医長が答えた。

「うちでは、入院患者さんには全員ＰＣＲ検査は実施していますし、陰性結果が出るまでは一般病棟への入院はできないようになっています。現在、新型コロナウイルスに感染が確定した妊婦さんで出産が迫っている方は原則として感染症指定医療機関での管理になります。神奈川県内では大学病院を除くと、数ヵ所しか該当する医療機関はありません」

「そうなんですよね……最初の病院は何をしていたのでしょう。しかも、その病院でもクラスターが発生している可能性が高いはずなのですが……病院協会を通じて情報を取ってみましょう。それよりも、新型コロナウイルス感染者とはいえ、妊婦さんである以上、病院としてたらい回しは避けたい状況です」

「もし、新型コロナウイルスへの感染を知っていて転院させたとなれば医療倫理に外れた行為ですね」

判田医長が困惑げな顔つきで言った。

「本件は責任をもってうちで扱うしかないでしょう」

福永院長が決意したような口調で言うと、三人は静かに頷き、雨宮医長が言った。

「自然分娩は負担が大きくなると思われますので、早急に帝王切開による措置が適切かと思うのですが、ご本人の同意が得られていないのです」

「なるほど……彼女の職業はなんですか？」

「モデルだそうです。身体の見えるところに傷をつけたくない……という理由だそうです」

雨宮医長が少し憮然とした表情で言った。

「患者の親御さんは何者なのですか？」

「中堅芸能プロダクションの社長だそうです」

廣瀬が腕組みをして頷いて訊ねた。

「新型コロナウイルスに感染している妊婦の転院に関しては保健所には連絡済みなのですね？」

「先輩のところの病院がすでに連絡していました」

「そうですか……産科の態勢はいかがですか？」

「医師、助産師は大丈夫ですが、看護師がいっぱいいっぱいになる可能性があります。病棟内でも周囲の患者さんや医療従事者へ感染しないための個室管理が指示されています。妊娠後期の感染で出産に至るときは他の患者さんに感染させないよう受け入れ可能な施設でのみ対応しなければなりませんし、分娩室は必ずしも陰圧である必要はありませんが必ず個室にしなければなりません。他の患者さんと分離もしなければなりませんし、陣痛室や出産後の回復室もトイレつき個室になります」

雨宮医長の言葉に補足するように判田医長が言った。

「出産に従事する医療スタッフは全員が感染病棟と同様に院内感染予防のため全身を覆うガウンとアイガード、N95マスクを着用しなければなりません。さらに、自然分娩なら会陰《えいん》裂傷縫合には針刺し予防のため二重手袋と鈍針を使用する必要があります」

「産科の出産担当だけでなく病棟担当にも基本訓練が必要ですね……スタッフの人選は雨宮先生にお任せしてもよろしいですか？」

「持田《もちだ》先生と相談して決めたいと思います」

医療法人社団敬徳会の理事になっている持田奈央子《なおこ》の名前を聞いて、廣瀬は幾分か気が楽になるような気がしていた。廣瀬は雨宮医長に訊ねた。

「僕は男なので出産時の大変さがよく理解できないのですが、産科の医療従事者として帝王切開と自然分娩を行う場合の新型コロナウイルス対応は随分と違うものなのですか？」

「はい。全く違うと言って決して過言ではないと思います。コロナウイルス感染症であれば帝王切開にしなければいけないという決まりはありませんが、分娩の際のいきみや大きな呼吸は飛沫感染のリスクが大きくなるため、限られた医療スタッフへの感染を予防するという意味でも、またご本人の肺炎症状などの状態によってはできるだけ短時間での分娩を考慮すべきとなっています。このため医療機関、主治医の判断で帝王切開が選択される事が多いと思います」

「なるほど、ご本人のためでもあるわけですね。それならばご親族の同意を取った方がいいですね。これを受け入れ条件の一つに挙げてみましょう」

「最近は帝王切開後の形成外科も発達してきていますから、さほど痕《あと》が気にならないような程度にまでなっています。その点も正確に伝達できればいいかと思います」

「妊婦さんのカルテは届いているのですか」

「はい。今、感染症外来で肺炎の程度を確認していただいています」

雨宮医長は答えながら、ハッと思い出したかのように緊急入院した妊婦のカルテの画像データを手にしていたタブレットに表示して廣瀬に差し出した。廣瀬は病院内専用のスマホでカルテの個人情報に当たる部分を撮影して言った。

「彼女は二十二歳と若いですが、結婚していらっしゃるのですよね？」

「そこがまだはっきりしておりません。なにぶんにも、担当医が感染してしまって、精神的にもまだ落ち着きを取り戻していない状況ですし、病院もクラスターの発生で連絡が取りにくい状況になっています」

「受け入れの意思表示はどうやって行う予定なのですか？」

「院長宛にメールを送ることになっています。先方の病院は本来感染症を扱う病院ではなかったため、急遽《きゅうきょ》、最上階のフロアを感染症病棟にして、保健所等の指示を受けながら手探り状態で治療を進めているようです」

「なるほど、それならば早急に受け入れ態勢を組みましょう。先方にとっても一分一秒を争う状態でしょう」

川崎殿町病院では産科内に感染症対策チームを作り、感染症内科との合同トレーニングを開始した。

翌朝、福永院長が廣瀬を院長室に呼んだ。

「何かありましたでしょうか？」

「実は病院協会の専務理事に聞いたところなのですが、例の中田総合病院は評判が芳《かんば》しくないようなのです」

「患者から……ですか？」

「いや、医師仲間ですね。僕も落下傘部隊だから神奈川県内の病院事情はあまり詳しくはないのですが、大学や大学院の研究室仲間が何人かいて話をしてくれたのです」

「そうでしたか……雨宮医長の先輩ということで、今回は受け入れに前向きになったのですが」

「彼女の先輩にあたる中田あゆみ医師は決して悪くはないんだけどね。どうもその夫の理事長の経営姿勢や素行がダメらしいのですよ」

「そうだったのですか……雨宮医長はその実情をご存じなかったのでしょうね」

「先輩はなかなか後輩に弱点を見せませんからね」

「おっしゃるとおりです」

廣瀬が頭を下げて答えると、福永院長が思わぬことを訊ねた。

「雨宮君なのですけど、最近元気がない……とかいう話を聞いてはいませんか？」

「いえ、聞いておりませんが、何かありましたか？」

「離婚話が出ているようで、彼女の夫がふさぎ込んでいるらしいのです」

「彼女のご主人は大学病院の教授でしたね」

「そう、間もなく副学長に就任するという話だったのですが、鬱になってしまって、どうやら、その件がご破算になりそうな状況らしいのです」

「夫婦問題の緩衝役的存在になるお子さんもいらっしゃいませんからね……。ご夫婦揃って仕事ができる方々ですし、どちらに原因があるのかはわかりませんが……」

「夫は温厚な人物なんですよ。まあ、急にどうこう……ということではないのでしょうが、一応、気に留めておいて下さい」

廣瀬は院長室を退出すると、病棟の院内交番を担当する前澤真美子《まえざわまみこ》の居場所を確認して、病棟に行って訊ねた。

「最近、産科病棟はどんな感じですか？」

「あそこは本当に忙しいところですね。特に栗田《くりた》助産師さんが八面六臂《はちめんろっぴ》の活躍をされています」

「栗田さんか……いつも元気だよね」

「本当に頭が下がります。病棟だけでなく、保育所にもよく顔を出していらっしゃいますから」

「他の医師や助産師はどうなの？」

「助産師さんはよくいらっしゃいますが、ドクターが病棟に来ることは滅多にありません」

「雨宮医長は？」

「最近、とんとお見かけしませんね。病棟の看護師さんの間では、評判はあまりよくないみたいですよ」

「何か特別な理由があるの？」

「もともと看護師を見下すようなタイプだったそうで、助産師さんも『医者じゃないんだから……』とよく言われたそうです。ただ、栗田助産師さんにだけは頭が上がらないらしく、助産師さんの中では『困った時の栗田頼み』と言われています」

「栗田さんの評判は悪くないんだ……」

「彼女を悪く言う人は、今まで、一人も見たことがありません。小児科病棟の看護師さんも一目置いている存在ですから」

「そうなのか……なかなか難しい世界だね」

廣瀬は自分の知らない面を前澤が把握してくれていることに感謝して礼を言うと、前澤は笑って答えた。

「廣瀬先生を悪く言う人もまだ一度も見ていませんよ」


二日後、新型コロナウイルスに感染している妊婦の受け入れを行った。搬送車両は横浜市保健所が手配したもので、公立病院の感染症専門医師と産科の看護師が同行していたが、産科医は含まれていなかった。さらに妊婦の母親が単独で川崎殿町病院の産科を訪れていた。

雨宮医長、栗田茉莉子《まりこ》助産師、産科看護副師長と廣瀬が立ち会って、新型コロナウイルスに感染している妊婦の母親の高橋智子《たかはしともこ》と第二応接室で面談した。

「高橋かおるさんのお母様ですね」

雨宮医長の質問に母親が答えた。

「はい。この度はご無理をお引き受けいただき感謝しております」

高橋智子は一見四十代後半とみられ、知的な顔立ちと穏やかな物腰の女性だった。

「かおるさんの妊娠に関して、少しお伺いしたいのですが、今後の出産、治療に関して、このような事態の中で、しかも感染症に罹患《りかん》しているとなると、配偶者、もしくは認知者の同意が必要になる部分があります」

「実は配偶者はおりません。実に情けない話なのですが、私があの子の妊娠を知ったのは一ヵ月前のことで、相手の男性に関しては芸能関係者というだけで、それ以外のことは話したがらないのです」

「それはお父様のお仕事に関係していらっしゃるからですか？」

母親はハッとした顔つきになって雨宮医長の顔を見て訊ねた。

「誰からそのことをお聞きになったのですか？」

「かおるさんが、この病院に運ばれる前に入っていた産科の医師は私の大学の先輩で、彼女からお父様のお仕事が芸能プロダクションを経営されている旨を伺いました」

「あゆみ先生の後輩……というと東大の医学部だったのですか？」

「はい。大学では同じゼミ教授の下で学んでおりましたし、大学院も同様でした」

「そうでしたか……そのあゆみ先生にまでコロナをうつしてしまったそうで、申し訳ない限りです」

「私も後遺症が残らないことを祈っています。それよりも今は、かおるさんの無事な出産と新型コロナウイルス治療を考えるのが先決です」

「申し訳ありません」

母親は再び深く頭を下げた。

「かおるさんは、出産に関する知識をあまりお持ちではないようなので、お母様に二点、お話をしておきたいのです。一つは、私もまだ直接診察を行っておりませんが、あゆみ先輩からのアドバイスもあって、普通分娩ではなく、帝王切開による出産が必要かと思われます。もう一つは産後の治療に関しまして、メンタルヘルスマネジメントが必要かと思っています」

「メンタルヘルス……精神的に何か異常でもあるのでしょうか？」

母親の顔色が変わっていた。

「いえ、ただ、普段なら出産直後に母親としての喜びを感じる瞬間である、赤ちゃんを抱くことも、授乳することもできないわけですので……」

「それが新型コロナウイルスに感染した結果……ということなのですね」

「そうです。コロナ感染が完治するまで、自分の赤ちゃんに触れることはできません。もちろん、モニターによる面会や声を聞かせることは致しますが、この時、心理的にダメージを受けやすいという報告が学会でなされているのです」

「考えもしていませんでした。この病院には心療内科にも優秀な先生がいらっしゃるのでしょうね」

「いえ、残念ながら当院には精神科と心療内科は設置しておりません」

「えっ。いま、心を病んでいらっしゃる方が多いというのに、どうしてですか？」

「それは院長というよりも医療法人敬徳会の方針だと思います」

そこでようやく廣瀬が口を開いた。

「申し遅れました。私は医療法人敬徳会常任理事で、当院の危機管理責任者の廣瀬と申します」

「お医者様でいらっしゃるのでしょう？」

「いえ、私は医者ではありません。一医療法人の事務長とお考えいただければわかりやすいかと思います」

「経営の裏方さん……ということかしら」

「まさにそのとおりです。そこで、病院経営の観点から全国四ヵ所ある当医療法人の病院全てに精神科と心療内科を設置していない理由をお伝えすると、精神科に関しては、当医療法人では入院措置ができないためです。また、心療内科に関しては、必要以上の投薬を行わずに効果的な治療ができる確信がないためです」

「精神科はわかりますが、心療内科はあってもいいのではないか……と思いますが……」

「そこは病院経営に関することですので、詳細は控えさせていただきますが、心療内科に関しては、大変多くのクリニックが存在しますので、あえて、その方々の経営を圧迫する必要がない……という考えもあります。もう一つ、特に妊婦さんや、お母さんになりたての女性、これは初産だけでなく、二度目、三度目も含めてですが、その方々に対するメンタルケアは心療内科の医師よりも助産師の方が対応に優れている場合が多いのです。当院では、ここにいる栗田助産師が対応することになると思います」

「助産師さん？　お医者様ではないのですよね？」

廣瀬は、この母親が雨宮医長に対する発言で、医師等に対する学歴へのこだわりがあることを察知していたため、あえて言った。

「栗田助産師はピッツバーグ大学へ留学後、東大大学院医学系研究科で助産師課程を修了しているのです。この病院には、彼女の大学院、全勤務地での研究論文と勤務内容を知った雨宮医長が声がけして、当院の募集を受けてもらった経緯があるのです。結果的にはヘッドハンティングしてきてもらったようなものです」

「そんなに優秀な方がついていて下さるのなら私どもとしても安心いたします。私の知り合いが勤務している公立病院では、今回の新型コロナウイルス感染症の蔓延で医療スタッフの方の心のケアが必要だという話を聞いたものですから、つい、心配になってしまったのです。余計なことを申し上げてすみませんでした」

「いえ、こちらこそお気遣いいただきありがとうございます」

廣瀬が栗田助産師に挨拶を促すと、栗田が口を開いた。

「今回の出産に関しましては特殊な事情が重なっております。特にお産後の様々なケアに対してはご本人だけでなく、特にお母様のご協力を得ることも大事かと思いますので、彼女のためにもどうかご協力をお願いいたします」

母親は栗田にも深々と頭を下げて廣瀬に向き直って言った。

「こちらの病院の評価があまりに高くて、通常の推薦ではかかることができないと聞いておりましたので、あゆみ先生にも感謝いたしております。どうぞよろしくお願いいたします」

「お引き受けした以上は万全の態勢で取り組ませていただきます」

廣瀬が言うと母親は深々と頭を下げて言った。

「帝王切開の件に関しましては、親子の無事を最優先にしていただければ結構です。同意書類が必要であれば私が書きます」

「よろしくお願いいたします」

母親に妊婦との面会ができない旨を伝え、帝王切開による分娩の同意書類を作成していったん帰宅させた。

この頃、既に感染症外来では診察と検査が終わっていた。感染症外来の露木《つゆき》医師が院長、廣瀬と雨宮医長に報告した。

「検査の結果、重症とまではいきませんが、肺炎は結構進行しています。酸素投与を始めました」

「そうですか……母子共々の命を救うことが最優先ですね」

院長が答えると雨宮医長が答えた。

「スタッフの準備はいつでもできています。通常分娩は諦めて帝王切開による分娩を行いたいと思います。ところで露木先生、問診の結果、彼女の理解度はどうでしたか？」

「一言でいうと『不思議な子』です」

「不思議な子？　昔、楽天ゴールデンイーグルスの野村克也《のむらかつや》監督が同じようなことを言っていたけど、どういうこと？」

「頭はいい子だとは思うのですが、発想が違うというか……常識に欠けるというか。母親になる……という意識よりも自分のことの方が大事で、それ以上に父親になる芸能人の方がもっと大事なようです」

「意味がわからないな」

「『彼の子どもは産みたいのだけれど、彼に迷惑はかけたくない』というのです。産まれてくる子どもは彼の子だから大切なんだけど……それで自分の身体が傷つくのは嫌……というところでしょうか……。あとは産科の判断に任せるしかありません」

　これを聞いた雨宮医長が毅然として答えた。

「母子の安全が第一ですので、帝王切開を行います」

　そこで廣瀬が露木医師に訊ねた。

「新型コロナウイルスへの感染経緯は何かわかりましたか？」

「はい。三週間前に父親にあたる芸能人に会いに、六本木のクラブに行ったそうです」

「大きなおなかを抱えてクラブ通い……ですか？」

廣瀬が呆れた顔で訊ねると、露木医師も肩をすくめるような、呆れたような仕草を見せて答えた。

「そのあたりの常識に欠ける子なんです。彼氏に連絡を取ったら、その場所を指定されたそうなんです」

「この時期、クラブはやっているのですか？」

「二十人以上の客がいて、誰もマスクなどしていなかったようです。彼女はクラブ内のVIPルームに通されたようで、小一時間話をしたそうです」

「クラブの名前はわかりますか？」

「カルテに記載しています。若手の芸能人がこっそり使うクラブで、その筋では有名な店だそうです」

「それ以外には思い当たるところはないのですね？」

「それ以外は、ほぼ自宅マンションで一人だったようです」

「その彼氏の芸能人は産まれてくる子どもを認知する気があるのですか？」

「そう言っていたようで、本人は嬉しくて仕方ない状況なのです」

「クラブに行った日にちは特定されていますか？」

「はい。それもカルテに記載しています」

廣瀬は二度頷いて質問を打ち切った。

院長以下が廣瀬の部屋を退出したのち、雨宮医長が廣瀬に言った。

「先輩は私しか頼るところがなかったのだろうと思いますが、皆さんには申し訳ない気持ちでいっぱいなんです」

「お気持ちは察しますが、先方にもやむにやまれぬ事情があったのかもしれません。ましてや、院内感染や院内でのクラスターが発生していれば、病院の規模にもよりますが医療機関の存続の危機にもなりかねませんからね。一つの医療機関を助けた……と思えばいいじゃないですか。今後、このような事案は増えるかもしれませんよ」

廣瀬が言うと、雨宮医長はやや顔を曇らせるような表情になって答えた。

「わかりました」

廣瀬はなぐさめるように穏やかに言った。

「雨宮先生は今回の件に関してはこれ以上お気になさらず、いつもどおりのお仕事をなさってください」

雨宮医長はハッとした顔つきになって、無理やり笑顔をつくるように笑って答えた。

「とんでもないことです。これ以上のご迷惑をおかけしないように頑張りたいと思っています」

廣瀬はその笑顔にやや違和感を感じたが、懸命に罪悪感を払拭《ふっしょく》しようとしているのだろうと思い直していた。

廣瀬は一旦デスクに戻ると新型コロナウイルスに罹患した妊婦について、前病院が作成して転送されてきたカルテや、感染症外来で作成したカルテから、妊婦の個人情報を確認し、家族情報を検索した。結果はすぐに出た。まだ売れていない……とはいいながらも、自称モデルであり芸能プロダクションの社長を父に持つだけあって、いくつかのサイトにヒットした。

「サミックスエージェンシー傘下か……」

大手芸能プロダクションというよりは、すでに企業体の域に達している「サミックスエージェンシー」は業界では様々な点で名が通っていた……しかも、決していい部分だけではなかった。

この時、廣瀬は独特の動物的勘というか、「何かおかしい……」という感覚が働いたのか、直ちにプライベートのスマホを取り出して電話を入れた。

「秋本《あきもと》っちゃん、久しぶりです」

「ああ、廣瀬さん。ご無沙汰しています。相変わらず病院勤務をされていらっしゃるのですか？」

「それしかやる仕事がないんだよ。ところで、今は公安部内でどこの部署にいるの？」

「それが副署長を経験せずに居座り理事官なんです」

「そうすると、噂の公安部ＩＳ担当官というのは秋本っちゃんのことだったのか……なるほど……ようやく合点《がてん》がいったよ」

「それを知らずに電話して来られたのですか？」

「公安部に管理官として戻ったところまでは知っていたんだけど、その先のことは、元々が不祥事がらみだったからね、事件担当の寺山理事官とは仲がいいんだけど、あまり聞くことができなかったんだよ」

「そんなに気を使われなくても結構ですよ、寺さんはいいですよね。公安部の事件担当は理解のあるトップがいるので、最近はバンバン事件化しているんですよ。もちろん、マスコミには知らせていませんけど」

「そうだったんだ……中途退職者にとっても嬉しい限りだね」

「中途退職者……ですか……公安部にとっては裏の仕掛け人的存在のように思えて仕

方ありませんけど。ところで今日は何かご用件があったのでしょう？」

「ちょっとバックグラウンドを調べてもらいたいことがあるんだ」

「廣瀬さんがご存じない部門もおありなんですね」

秋本が不思議そうな声を出して言ったため、廣瀬が笑いながら答えた。

「警察を離れてどれだけ経ったと思うんだい。調査機関を持っているわけじゃないし、マスコミの二次情報では役に立たないからね」

「ヤクザもんですか？」

「いや、ヤクザもんは逆に警察よりも一部のマスコミの方が詳しいんだけど、半グレの実情なんだよ」

「なるほど……奴らの最近の動向は少年事件ではなくなっていますから、過去の人間関係だけではわからなくなってきているようですね。都内の半グレも大きく三チームに分かれているようですが、どこですか？」

「主に六本木と新宿を拠点としている連中なんだが……」

「新宿は最近、再び旧中国系がのさばってきているようです。六本木はかつての東京連合ですね」

「まだ東京連合か……大手芸能プロダクションのサミックスエージェンシーは未だに

東京連合にやられているのかい？」

「そうですね……サミックスの場合、やられているというよりは共存関係になっていると言っていいと思います」

そこまで答えて秋本が何かに感づいたらしく言った。

「なるほど……廣瀬さんが新宿と言った意味がわかりました。キャバクラですね？」

「キャバクラ？」

「えっ、違うんですか？　半グレでサミックスで、しかも、六本木と新宿のつながりと言えばキャバクラだと思ったんですが……」

「どういうつながりがあるの？」

「六本木と新宿だけで都内七千軒と言われているキャバクラの四百軒があるようです。そのうちの約四分の一を仕切っているのがサミックスグループと言われています」

「新宿、六本木だけで百軒か……」

「サミックスは全国主要都市に養成アカデミーを持っているのですが、それぞれの土地でキャバクラを経営していて、中でも沖縄は人材獲得の拠点とも言われているんですよ」

「沖縄がキャバクラの人材の宝庫……というのかい？」

「廣瀬さん、沖縄にキャバクラがどれくらいあると思いますか？」

「東京が七千軒なら、千二百軒くらいかな？」

「いえいえ、四千軒あるんですよ。しかも二十歳以上の人口比でいえば、東京の六倍近いんです」

「そんなに……」

廣瀬は啞然としていた。

「その沖縄でもサミックスは三指に入る店舗数を持っているんですよ」

「キャバクラがそんなに儲かるとは思えないんだが、何が目的なんだ？」

「キャバクラは儲かるんですよ。女の子が八人程度の小さな店でも、月間平均二千万は稼ぐんです。キャストと呼ばれる女の子に日給三万円払っても八百万。テナント料や仕入れ代を支払っても、最低で月間六百万は残る……と言われています。これが女の子を五十人以上抱えるような大規模店舗になれば、どれだけの儲けがあるか……稼ぐキャバ嬢は月に二百万はザラの世界ですからね」

「なるほど……でもキャバクラに行く客は男ばかりでしょう？　サミックスグループのような幅広い商売によって女性を食いものにして金を巻き上げるのが東京連合のこ

れまでの手口だったはずなんだけど……」

「さすがですね。奴らはキャバクラとは別に『クラブ』と称するイベントルームをいくつか持っていて、そこで男芸能人とクスリの二本立てで女性から金を吸い上げているんです。さらには政財界人に薬漬けの女性芸能人も夜の相手として送り込んでいます」

「なるほど……昔ながらの手法がさらにヒートアップした形だな。それなら理解できるな。ところでそのクラブの中に『サーキット』という店はあるかい？」

「有名ですよ。予め店側に連絡がない客は、そのフロアにエレベーターが止まる事ができないシステムで、さらに入店時は指紋認証システムがなければ二重扉が開かない……というセキュリティの高さが有名芸能人に受けているんですよ。歌舞伎役者から、女性アイドルグループのメンバーまで来ていますよ」

「そういうことか……公安部にその店やその店が入っているビルの内部構造データはあるの？」

「そこは廣瀬さんを始めとする諸先輩方の教訓を生かして抜かりはありません。しかも、このビルは半グレだけでなく政財界人やその家族に接近する捜査チームが頻繁に出入りしているため、二十四時間監視体制を組んでいます」

「なるほど……そこまでやっていたのか……それじゃあ一月二十二日の午後八時頃にその店に入った女性を調べることはできるかい？」

「大丈夫だと思います。同時刻にその店にいた者もほぼ判明すると思いますよ」

「心強いな。詳細を教えて欲しいな」

「了解です」

電話を切った廣瀬は帝王切開手術の状況をモニターで確認した。執刀は雨宮医長が行っており、サブに栗田が付いていた。全員が全身を覆うガウンとアイガード、N95マスクを着用し、雨宮医長、栗田の二人は針刺し予防のための二重手袋だった。間もなく赤ん坊を抱いた栗田の姿が現れ、直ちに赤ん坊を別室に運んだ栗田の、数度、赤ん坊の臀部《でんぶ》を軽くたたく動作とともに産声《うぶごえ》が響いた。

産声が手術室に響くと数人の看護師が手を叩いていたが、雨宮医長はその場に呆然と立ち尽くしていた。立ち会っていた別の医師が何事もなかったかのように冷静に縫合を行っていた。

「雨宮さんは相当疲れているんだな」

そう呟きながらも、無事に出産が終わったことを確認した廣瀬は自らのパソコンで、たった今、無事に出産を終えた高橋かおるの個人データを調べ始めた。

第四章　緊急事態宣言と医療体制

廣瀬が電話を切った時、住吉理事長から電話が入った。

「都立病院でもクラスターが発生して、新型コロナウイルスに感染していない妊婦の受け入れ要請が東京本院にきているようですが、そちらはどうですか？」

川崎殿町病院にも都県境に近い都立病院で新型コロナウイルス感染者の受け入れを行うことから、特に、産科に関して妊婦の受け入れが可能かの問い合わせが来ていた。

「はい。まさに今、その真っただ中で、二十二歳の新型コロナウイルス感染妊婦のお産をしたところです」

「えっ？　新型コロナウイルスに感染している妊婦さん？　無事、出産したのですか？」

「感染症内科と産科のタイアップでなんとか乗り切りました」

「それにしても廣瀬先生が、そういう患者を受け入れるのは珍しいのではないですか？」

「産科医長の先輩からの依頼だったのです。しかも、その先輩の先生も新型コロナウイルスに感染してしまい、病院内でクラスターまで引き起こしているようなんです」

「なるほど……今どき、病院内でのクラスターなんて、よほど危機管理ができていない病院なんじゃないのかな？」

「僕もそう思いますが、複雑な事情もありそうで、先輩医師の嫁ぎ先の病院だったのです」

「なるほど……まあ、いろんな事情があったのだろうけど、川崎殿町病院には特に問題はないのでしょう？」

住吉理事長が穏やかに訊ねると、廣瀬が一度咳ばらいをして答えた。

「それが何とも言えません。マスコミのターゲットになってしまうかもしれません」

「えっ、どういうことなの？」

住吉理事長がやや厳しい声になって訊ねた。

「母親になった患者なのですが、彼女の交際範囲にちょっと気になる連中が出てくる可能性があるのです」

「患者個人のことで？」

「それもありますが、うちの病院に運ばれた背景に何か引っかかるところがあるのです。取り越し苦労であればいいのですか……」

「狙われた？」

「まだわかりません。現在調査中です」

「その母親になった女性の相手方は誰なの？」

「それもよくわかりません。彼女自身が名前を明かしていませんが、あまり素行のよくない芸能人のようです」

住吉理事長に少しの間、沈黙が流れた。それを察して廣瀬が続けた。

「現在、鋭意調査中ですので、何かわかり次第速報いたします」

「廣瀬先生がいらっしゃるので安心はしていますが、よろしくお願いします」

住吉理事長はほっとしたような声を出して電話を切った。

その後、住吉理事長は医療法人敬徳会東京本院の院長室で院長の小早川《こばやかわ》と話し合った。

「東京はどうにもならないな……」

「都から、本院でも新型コロナウイルス感染者の受け入れを要請されましたが、保留しております」

「都内には都立病院がある。国立病院、大学病院も多い。それなのに何故個人病院に感染症患者を押し付けなければならないんだ？」

「それは川崎殿町病院や成田病院の評判を聞いているからでしょう。隣接する千葉、神奈川で、それも早い時期から新型コロナウイルス感染者の治療に当たっているため、本拠地である東京で、そのノウハウを活かしてもらいたいのでしょう」

「それはどうかな……いくら給付金や雇用調整助成金を配ったところで、これがコロナの終息への因果関係につながると、私は思っていない。中でも飲食店に対する一日一律六万円という時短協力金は愚の骨頂と言えるだろう。そんなことをやるよりも、緊急事態宣言が発出されているにもかかわらず、午後九時を過ぎても営業している店や、そこに集まる二十代、三十代の連中に対して罰則を加えて何とかしなければ、この病気は終息するはずがない。この時期に至って、新たに感染する二十代、三十代の連中を診察する気にもならないのが医者の本音だ。ましてや、そんな連中を入院させる病院は、院内に爆弾を抱えるようなものだからね」

「しかし、これは大きな声では言えませんね」

「言えばいいんだよ。一日一律六万円の協力金で通常の営業日よりも収入が増える飲食店は、個人で営業する小規模な食堂やバーがそうだな。なかでも酒と乾きものだけで商売しているバーやスナックは、ほとんど仕入れがないので、店を閉めていても毎日六万円が入ってくるんだろう？　笑いが止まらないことだろう。まさに濡れ手で粟《あわ》のコロナバブルだ。その逆が、大手チェーン店ということになる。十万円の給付金の時もそうだったが、何でもかんでも一律交付というのは公平のようで、実は不公平なんだ。そんなこともわからない行政の指示に動かない方がいいと思う者の方が健全な思考をしていると思うよ。だから、そんな行政の受け入れ要請に動かない方がいいんだ」

「しかし、川崎と成田は動いています」

「それは国際空港や国際航路があるからだ。国境警備をしている愛国者のようなものだ。現に、日本で最初に新型コロナウイルスに直面したのは横浜で、これを受け入れた最初の個人病院が川崎だった。これは一都道府県の問題ではなく、国家の問題だったからだ」

「なるほど……国家が第一ですか？」

「国がなければ何も始まらないじゃないか。しかし、ひとくちに『国』と言っても、これは国家のことで、これを動かしている連中のことじゃないことはわかるよね」

「しかし、私はこれまで、国家は政治的共同体と学んできましたが……」

「学問的な規定を言っても仕方がない。国家がなければ、その地に生きる者のあらゆる権利も義務も生じない。つまり、あらゆる経済活動を誰からも守ってもらえない……ということだろう」

「なるほど……しかし、実際に国家機能を動かしているのは、政治家であり、役人ですよね。政治家は選挙でえらばれますが、役人はそうじゃありません」

「まあ、一応は役人が作った様々な分野の案件を議会で審議するのだから、結果的に役人に対しても民意が反映される……という建前ではあるだろう？」

小早川院長は頷きながら答えた。

「それにしても、今回の新型コロナウイルスではすべてが後手に回ってしまった感がありますが、いくら初めてのウイルスとはいえ、もう少しやり方があったのではないかと思います」

「それは政治家の中にも新型コロナウイルスに関する知識がなかったのだから仕方がない部分もあるが、新型コロナウイルス感染症が国内で現実化した時の厚労相が厚生労働省の医系技官の意見を重用し過ぎた結果、様々な点で遅れが生じた……と言われているんだ。その厚労相が今の官房長官だからね」

「その話は私も後輩の医系技官経験者から聞いています。二百八十人もの医系技官が存在するがゆえに仕事が作られ、医療に無用な口出しをし、そして崩壊を促す。実態を知れば知るほど、存在意義のなさがわかる……と言っていました」

「ペーパードクターが多いばかりでなく、専門家が少ないのも問題だよ。事務方のキャリア官僚よりは少しはましな程度の医療知識……と言えるんじゃないかな。二〇〇九年の新型インフルエンザに対する行政の対策が未だに続いているような気がするよ」

二〇〇九年の新型インフルエンザの流行予想に際して、当時の医系技官は前近代的な「水際作戦」といわれる検疫を行い、「検疫した三百四十六万人のうち見つかった患者はわずか十人」という結果で現場を混乱させただけだった。しかも、かえって感染機会を増やし、重症者に対しては死に追いやりかねない方針も打ち出していた。

「あの時は医系技官が国民の健康よりも自分たちの都合を優先させた結果……と、医師会だけでなく厚生労働省内でも言われていたからね」

「役人の世界は変わらないのですかね」

小早川院長が他人事《ひとごと》のように言ったため、住吉理事長が訊ねた。

「医師会だって変わっていないでしょう。そもそも日本には世界で最も多い百六十万もの病床がある。しかし、新型コロナウイルスに対応できる病床数はわずか三万、つまり二パーセントに過ぎなかった。他の国々は日本の百倍の感染者数を抱えながらも医療崩壊を起こしていない。この現実を医師会は考えておく必要があったにもかかわらず、何もやっていない。武見《たけみ》太郎《たろう》会長以後、医師会の組織率は五〇パーセント強、会員十七万人の医師のうち約半数が勤務医だからね。公益社団法人とはいうものの、これまで開業医らが運営する利益団体としての性格が強すぎた結果だろう？」

「確かに、今回の新型コロナウイルス感染症に関して、医師会は医療崩壊を前面に出して、緊急事態宣言の発出ばかり求めていましたからね。しかし、理事長も医師会には入っていらっしゃいますよね」

「何の活動もしていないが、たまには政府や医師会に物申す時もあるからね。今回もそうだ。この新型コロナウイルス感染症対策に関しては厚労省も医師会も国民に頭を下げなきゃならないことは確かだろう」

「何もしてこなかったツケ……ということですか？」

「特に医師会は保身のための利益団体になり下がって、厚労省に対して何の申し入れも圧力もかけてこなかったのだからね」

「その点で言うと住吉理事長は政府のいろいろな諮問《しもん》委員会で様々な主張をされていたようですね」

「医師会の連中に言ってもわからんから、諮問委員会で話をしていたんだが、結果的に厚労省も政治家も動かなかった……ということだ。その点、今の総理が官房長官時代には私はよく勉強会に呼ばれていたものだった」

「それで、未だに官邸に呼ばれるわけですね」

「廣瀬先生のパイプもあるからな」

住吉理事長が廣瀬の名前を出すと、小早川院長はやや表情を曇らすように言った。

「しかし、廣瀬さんは医者ではありませんし、医学に関して全くの素人でしょう？」

その言葉に住吉理事長はニヤリと笑って答えた。

「もちろん彼は医学部を卒業したわけではないから、人体の構造や機能、疾病《しっぺい》について研究し、疾病を診断・治療・予防する方法を開発する知識は乏しいだろう。しかし、医学の様々な分野を機構として構築し、そのスタッフの能力を見極める能力は、私の知る限り他の追随を許さない。さらには、厚労省、病院協会、都県の福祉政策局とも深いつながりを持っており、リアルタイムに情報を収集することができる。これを最も評価しているのが官邸であり、官邸の事務方トップの官房副長官であることは、私が一緒に官邸の総理大臣執務室で懇談しているからよく知っている」

「廣瀬さんは首相官邸にも行かれているのですか？」

小早川院長が驚いた顔つきになって訊ねた。

「今回の新型コロナウイルスに関しては、どこよりも早く情報収集を行い、中国武漢《ぶかん》での発生時点から当時の首相官邸に報告をしていたのだからね。だからうちの医療法人も公的機関でもないのに迅速な対応ができたんだよ」

「そうなのですか……」

「さらに川崎殿町病院の開設に関しては、場所の設定に始まって設計段階からアドバイスをもらっていたんだ。その結果が現在の敬徳会の整った体制の構築につながっているんだ。福岡の病院も彼の発案だし、福岡県内でも五指に入る病院に成長し、人材も集めてくれた。悪いが、東京本院のあなたにそんなことができますか？」

小早川院長が唖然とした顔つきで住吉理事長の顔を見ていた。それを見て住吉理事長が続けた。

「かつて、武見太郎氏が『（医師の集団は）三分の一は学問的にも倫理的にも極めて高い集団、三分の一はまったくのノンポリ、そして残りの三分の一は、欲張り村の村長さんだ』と言った……と伝えられているが、現在では最初の三分の一も怪しいものだと思うようになったよ。ここでいう学問が医学だけでは、『極めて高い集団』も単なる自己満足に過ぎないからね」

小早川院長は拳をギュッと握って俯いた。その姿を住吉理事長が黙って見ていると、ようやく小早川院長が顔を上げて言った。

「確かに私もノンポリ医者の一人かもしれません」

ノンポリとは、英語の「nonpolitical：ノンポリティカル」の略で、政治運動に関心がないこと、あるいは関心がない人のことを言う。

「しかし、医者が政治にあまり積極的に係わる必要はないという考えは学生時代から持っています」

「それはそれでいいと思うよ。ただ、医療法人の経営者となるとそうはいかなくなるし、しかも東京、千葉、神奈川、しかも、経営戦略として成田空港、羽田空港の直近に病院を開設した背景には、空港という国境の安全を守るという大義のもと、航空会社と連携を取りながら政治とも係わってきた事実があるからね」

「理事長の病院経営手腕は誰にも真似できないことだと、私も尊敬しています。理事長からこの医療法人の中心である東京本院の院長を打診された時は天にも昇るような喜びを感じたのを、今でもはっきり覚えています」

「それは小早川さんが大学病院の副院長として大組織を切り回すとともに、出身の外科診療部門を現在の形に整えた姿勢を、病院運営審議会のメンバーとしてつぶさに見てきた結果だよ。今でもそれは間違っていなかったと思ってるよ」

これを聞いて小早川院長が初めて笑顔を見せて答えた。

「素直に嬉しいです。私も住吉理事長のご意志を裏切らないよう、懸命に努力してきたつもりです」

「それも理解している。そこで話を戻せば、この東京本院で新型コロナウイルス感染者を受け入れるかどうか……本院は体制が整っていないという現実があるのに小早川院長がなぜ都の要請に拒否を即断できなかったか……というところなんだ」

「私は成田でも川崎でも受け入れている実情に鑑《かんが》みて、東京都の病床逼迫の状況に何か役に立てないか……と考えたからです。もちろん新規患者ではなく、墨田《すみだ》区の保健所長が提案している『墨田区モデル』のような形ならば、大丈夫ではないかと思ったのです」

医療現場が逼迫する中、墨田区は民間病院と連携し、重中症状態を乗り越え、感染の可能性がなくなった患者を民間病院に転院させることで、区内で完結した受け入れ態勢を確立し、入院待ちゼロを実現した。

「なるほど……墨田区の保健所長は廣瀬先生のお友達らしく、先日、官邸で墨田区モデルを全国的に展開するように、総理に直言していましたよ。墨田区の保健所長は二〇〇九年の新型インフルエンザの時も活躍していたそうですね」

「廣瀬さんは、そんな人脈までもっていらっしゃるのですか？」

「私も彼の人脈の広さ、深さの理由はよくわからないんだ。官房長官を直接叱るような人だからね」

「えっ？」

「そんなことよりも、コロナは中軽症者なら発症後十日たてば体外にウイルスを出すことはないと言われている。ただ、現場で働く医療スタッフは、それでも防護服を着なくて大丈夫なのかと不安に駆られるものだ。まず、その院内教育と体制の構築も計画的に行わなければならない。成田、川崎の両病院は廣瀬先生が全てを仕切って行ったんだ」

「なるほど……危機管理のプロというのは、そこまでの知識と周到な準備ができているのですね」

「今回の墨田区モデルは一病院だけで判断できるものではないだろう。墨田区モデルは周辺の区も真似ているようだが、港区がこれに応じるかどうかにもかかっているからね」

「確かにそのとおりです」

「病院職員の不安の払拭こそが第一です」

「よくわかりました。私ももっと勉強しなければなりませんね」

「いいことは積極的に考える方がいいと思うよ。政治家や役人ももう少しこの姿勢を持ってくれればいいのだけどね」

住吉理事長が笑って言うと、再び小早川院長が首を傾げて訊ねた。

「やはり多くの政治家や役人はいいことには積極的ではないと思われますか」

住吉理事長は変わらず笑顔で答えた。

「まず税金の使い方だね」

「税金の無駄使いは何が原因なのでしょう？」

「単年度予算で、金を使い切ることしか知らない政治家と役人ばかりだから、いつまで経っても自転車操業から離れることができないんだ。わずかばかりの財政調整基金積立金を残しても役に立たない。今回のような新型コロナという非日常に際しても、貯えではなく更なる借金で急場をしのごうとするのが役所の発想だな。まるで過去の歴史に胡坐《あぐら》をかいて新たな事業展開をしなかったばかりに、会社を潰してしまう経営者と同じだ。これは病院にもあてはまることだ。自転車操業で商売をやっている連中は仕事ではなく趣味だ。もしこれで従業員を抱えていて、彼らを路頭に迷わせるとなれば、寧《むし》ろ犯罪に近い行為を行っているのと同じだ」

財政調整基金積立金とは、地方財政法に規定された、地方公共団体が年度間の財源の変動に備えて積み立てる基金のことで、財源に余裕がある年度に積み立てておき、災害など必要やむを得ない理由で財源不足が生じた年度に活用する。

「それは極論ではありませんか？」

「事業を行う者に極論はないんだよ。病院経営者にとって一番大事なのは国でも、地方自治体でも患者でもない。病院職員とその家族なんだ。それがわからなくてどうして事業ができるんだ？　自分自身は二の次。自分が大事なら個人商店で十分なんだ」

「すると企業の場合、株主が一番ではないのですか？」

「株式会社にとって一番保護しなければならないのは株主に決まっているじゃないか。株主があって初めて企業活動ができるのだからな。その次が社員だ。今頃、そんな『経営のいろは』を聞いて、君も少し焼きが回ってきたんじゃないか？」

住吉理事長にしては珍しく、小早川院長に対して厳しい口調だった。

小早川院長は顔から血の気が引いたようになってうな垂れた。

「今日はこの辺でやめておこう。東京本院での墨田区モデルに関しては、港区保健所の動きを待ってからということでいいね」

そう言うと住吉理事長は院長室を後にした。東京本院の理事長室に戻った住吉理事長は川崎殿町病院の廣瀬に電話を入れた。

「理事長、いかがしましたか？」

「特に用事というわけではないんだが、この新型コロナウイルスの感染と、一都三県に発せられている緊急事態宣言はどうなりそうかな……と思ってね」

「個人的な考えを言わせていただければ、これ以上緊急事態宣言を続けても、今の法律の範囲内ではあまり意味がないと思います」

「ロックダウンでもしなければ感染拡大を止めることはできないということですか？」

「そうですね。政治家や専門家と言われている方々が『国民のご協力のおかげで……』とよく口にしていますが、現状を見る限り老若男女問わず、緊急事態宣言が発せられていることへの危機感がかなり薄れていますからね。休日の鎌倉《かまくら》や横浜の中華街は人でごった返していますよ」

「そうだろうね。都内では隠れ深夜営業の店に多くの若者が押しかけているようだしね」

「でしょうね。川崎殿町病院の発熱外来は保健所からの要請を受けた人しか受け入れていないのも、二十代、三十代の患者を原則としてシャットアウトするためです」

「診るつもりがない……ということですか？」

「複数の保健所の話を聞くと、二十代、三十代の陽性者のほとんどが感染経路不明だというのです。結果的に、彼らの行動が把握されないばかりか、感染の拠点となっている場所を隠匿しているだけなのです。そういう輩が自分の家庭にウイルスを持ち込んで、家庭内感染を引き起こしているのです。高齢者の感染のほとんどのケースで家族に二十代、三十代の、外で活動している者がいるのですが、そこをまた明らかにしないのです」

「高齢者にしても、家庭内で波風を立てたくない……という気持ちはわかりますが、家庭内であるからこそ、誰がウイルスを持ち込んだのかは知っているのですからね。今、廣瀬先生が『原則として……』とおっしゃいましたが、例外もあるのですか？」

「緊急事態の場合はやむを得ないかもしれない……ということです。全面的に受け入れ停止と公言するわけにもいきませんから」

「確かにそうですね」

住吉理事長が笑いながら電話を切った。

第五章　総理倒れる

　金曜日の夕刻、首相公邸では深夜の外国首脳との電話会談の準備のため、首相と外相、警察庁出身の秘書官、首相を警護する警視庁警備部警護課の首相担当十五名の、計十八名が残っていた。

　首相も前首相同様に公邸に寝泊まりすることはなく、赤坂の議員宿舎から官邸に通っていた。

「総理、最近、咽喉《のど》の調子があまりよろしくないのではありませんか？」

　警察庁出身の秘書官が訊ねた。

「そうなんだ。このところ誤嚥《ごえん》で咳込むことが多いためか、しわがれ声になるが、歳のせいだろう」

「誤嚥にはくれぐれもお気をつけ下さい。肺炎になることもありますし、時期が時期ですから、周囲の目もあります」

「わかった。気を付けよう」

「気管支炎や、から咳には漢方薬の麦門冬湯《ばくもんどうとう》がいいようですよ」

「そういや、君は在香港《ホンコン》領事をやっていたのだったな」

「はい。私が香港で勤務をしている頃は、まだ香港の『高度の自治』を明記した一九八四年の中英共同声明について、一九九七年の返還から五十年間適用されるとされていましたが、その四年後に中国政府から一方的に『無効』がイギリス政府に通告されたのです」

「中国という国……というよりも、中国共産党のやり方というのはそういうものなのだろうな」

「警察出身者の中でも、特に警備畑を歩いている者は対共産主義を深く学んでいますが、一般の方は政治家でも共産主義の根本をご存じありませんからね」

「そうだろうな、外務省にもそういう人が多いのが気になるよ」

そう言って首相が椅子から立ち上がろうとした時、ゆっくりと真後ろに倒れそうになった。慌てて秘書官が身を挺して後頭部から床に落ちるのを救った。

「総理、総理」

秘書官が耳元で声を掛けると、首相の意識はあったが、

「胸が苦しい……」

と、言ったまま、その場でぐったりとなった。秘書官は総理を厚いカーペットの上にゆっくり横たえると、隣室にいた外相に知らせた。

外相が部屋に飛び込んできたが、その顔から見る見るうちに血の気が引いていく中で秘書官に指示を出した。

「吉國官房副長官に連絡を」

官邸五階の執務室で連絡を受けた吉國官房副長官はまず動かさないことを指示して卓上の電話から短縮ダイヤルを押した。

「廣瀬でございます」

「総理が公邸で倒れたらしい。容態は不明だが、胸が苦しい旨を伝えたようだ。至急対応を頼む」

廣瀬はすぐにドクターヘリの出動を命じた。

川崎殿町病院のドクターヘリは医療法人社団敬徳会が新たに創設した民間航空会社と年間契約という形で配備していた。さらに昨年から米軍とも顧問契約を結んでいたため、新たに迷彩色に塗装された機種を導入して、港区六本木にある通称「ハーディーバラックス」こと、アメリカ軍基地の一つで、在日米陸軍が管理している「赤坂プレスセンター」に駐機していた。この場所は星条旗新聞などの事務所、宿泊施設、ヘリポートとして使用されており、大統領など来日する米政府要人の移動拠点としての役割も担っている。

「フライトドクター二名、フライトナース三名を首相公邸の庭に降ろします。このフライトは極秘のため、警視庁、東京都消防庁には離発着の了承だけ取ることにします」

フライトドクターとフライトナースは赤坂の本院からハーディーバラックスまで緊急車両で五分で到着できる。その間に、米軍のヘリコプターパイロットがドクターヘリの出動準備を完了していた。

廣瀬は指示を出すと直ちに住吉理事長に連絡を取った。

「全て廣瀬先生にお任せします。私もすぐにそちらに向かいます」

官邸では吉國官房副長官が警視庁総理大臣官邸警備隊隊長に連絡を取り、ヘリコプターの離着陸に際しての警備体制強化を依頼した。

一連の指示を終えた吉國官房副長官が首相公邸に駆け付けた時、すでに迷彩色に塗装されたドクターヘリがまさに着陸するところだった。

「さすが廣瀬、こんなヘリまで持っていたのか……」

呟きながら首相応接室に入ると、ＳＰが、官邸と公邸の間にある芝生の庭への通路を確保していた。

「官邸のヘリポートは目立つからな、この芝生なら周囲から見られることはない。誰にも気づかれることなく総理を運び出すことができるだろう」

吉國官房副長官は周辺を見回しながら、駆け寄ってきた廣瀬に向かって言った。

「確かにマスコミにもこの場所は盲点ですね」

「それくらいのことは新官邸の設計段階から考えていたさ」

七十三年間使われた旧内閣総理大臣官邸に代わる新官邸の建設当時、吉國官房副長官は警察庁警備局長としてその設計に危機管理的立場から参画していたのだった。

首相が倒れてから川崎殿町病院に到着するまでに要した時間はわずか二十分だった。

二人のフライトドクターが首相搬送途中にエコー等を使用して診察した結果、「大動脈瘤の疑い」が共通した診断結果だった。

川崎殿町病院の地上ヘリポートとＭＲＩ、緊急手術室は、フライトドクターからの連絡によって、すでにスタンバイが完了していた。ＭＲＩ（magnetic resonance imaging）とは、核磁気共鳴画像法のことで、核磁気共鳴（nuclear magnetic resonance、NMR）現象を利用して生体内の内部の情報を画像にする方法である。

首相は直ちにヘリポートからMRI室に運ばれ、胸部に絞った血管画像撮影が行われた。

「胸部大動脈瘤ですね。この状況ですと、開胸することなくステントグラフト内挿術でよいかと思われます」

画像を確認していた五人の血管外科医、血管内科医のうち、大動脈外科専門家で日本ステントグラフト実施基準管理委員会のメンバーでもある佐々木《さ さ き》医師が言った。

大動脈瘤とは、人体の中で最も太い血管である大動脈が「こぶ」のようにふくらんだ状態のことをいう。大動脈は通常直径が二〇〜二五ミリメートル程度であるが、大動脈瘤は三〇〜四〇ミリメートル程度に異常にふくらんでいる。この「こぶ」が胸部にある場合には、胸部大動脈瘤と呼ばれる。

ステントグラフト内挿術とは、大動脈瘤の治療法の一つで、足の付け根を数センチ切開し、太い動脈を露出させるだけで施術することができる。まず、その露出した血管から細い「シースイントロデューサー」、略して「シース」と呼ばれる筒を大動脈まで挿入、さらにシースからカテーテルを挿入する。シースの入り口には血管からの出血を止められる止血弁もついている。一般的にはこのシースとカテーテルはセットになっている。「ステントグラフト」と呼ばれる、網目状になった金属製のバネ（ステント）を取り付けた人工血管がカテーテルに折りたたまれた状態で入っており、カテーテルが患部に到達したら、ステントグラフトを広げる。こうすると、ステントグラフトが血圧とバネの力で血管の内側に固定され、拡張させることで、大動脈瘤を内側から塞いで瘤に血液が流れ込むことを防ぐことができる。血液が流れなくなった瘤はそれ以上悪化せず、動脈瘤内の血流は遮断されて血栓化し、しだいに小さくなっていき、最後には薬剤で溶解される……という仕組みである。

「今、うちにあるステントグラフトで適合するのかい？」

もう一人の血管内科医が訊ねた。

「大動脈の血管の三次元的屈曲に近似するようセミオーダーシステムで作られた製品を数十種類準備しております。従って、大動脈弓部の分枝血管の位置に合わせて留置することで、分枝血管への血流を妨げることなく大動脈への留置が可能となります」

「どういうステントグラフトを使っているの？」

「うちで使っているのはアウターシースとインナーシースの二重構造となっていて、アウターシースの方には親水性コーティングを施すことで、血管内でのスムーズな操作を可能にしています。また、先端部に採用された独自の機構により病変部位への的確な留置が可能となっています」

「ステント本体も進化しているのだな……」

「その多くがメイドインジャパンなんです。しかも一定条件下でのＭＲＩへの適合性が認められているのです」

「そうか……国際規格に基づいたＭＲＩ検査の安全性が認められる素材が開発されているのだな。ＭＲＩはＣＴ検査のような放射線による被曝がないだけでなく、造影剤を使用しなくても血管の情報が得られることが大きいからな……」

そこまでの会話を聞いていた廣瀬が口を挟んだ。

「首相の年齢、体力にもよるが、手術時間はどれくらいで、退院見込みはどうだろう？」

これに執刀予定の佐々木医師が答えた。

「手術は全身麻酔で行い、二時間から三時間を要します。翌日から歩行や食事ができます。通常、三日間の入院が必要かと思います」

これを聞いた廣瀬が腕組みをしながら答えた。

「三日か……火曜日が祝日だったのが幸いだな……定例閣議は原則として火曜日と金

曜日の週二回、総理大臣官邸閣議室で国会開会中は午前九時から開かれるが、ちょうど水曜に繰り下げられているからね……」

「火曜日に退院……ということで大丈夫そうですね」

「手術の準備は大丈夫ですか？」

「はい。すでに麻酔科の医長が全身麻酔を始めているようです。政治家トップの健康状態は日本国内だけでなく、世界中に影響を及ぼすことがあるそうですからね」

「そうですね。何事も秘密裏に行うことは決していいことではないとは思いますが、やらなければならないこともある……ということです」

廣瀬がやや厳しい口調で言うと、そこに居合わせた全員が静かに頷いた。これを見て廣瀬が全員に頭を下げて言った。

「国家のためです。よろしくお願いいたします」

再び廣瀬に全員が頷いた。

手術が始まった。川崎殿町病院の全ての手術室には全景モニタリングシステムが導入されている。廣瀬は手術室に併設されている見学室には入らず、自室に戻ると術式の予定を吉國官房副長官に報告していた。

「副長官、首相の病名は胸部大動脈瘤です。開胸することなくステントグラフト内挿術を行います。火曜日の早朝には退院できる見込みですが、無理は禁物です」

「そうか、それはよかった。今、副総理と官房長官、党の幹事長にはドクターヘリ搬送について連絡しておいたが、三人とも相当心配されていらっしゃった。病気の原因はなんだろう？」

「医師の話ではストレスに起因することも多いとのことです。ともかく、大動脈瘤が破裂する手前でよかったです」

「それは短時間で病院搬送できたおかげも大きいのだろう」

「体質もありますが、日頃から健康管理をされていたことも大きいと思います。瘤は薬品で溶解できるようですから、大丈夫だろうと思います」

「すると手術が無事に終了した段階でダミーの車列を組むことにしよう」

「そうですね。首相の動向は翌朝の新聞記事になりますから……それよりも、公邸脇に着陸したドクターヘリにマスコミは気付いていませんでしたか？」

「官邸前にある記者会館の記者が数人気付いたようだが、誰もドクターヘリとは思いもしなかったのだろう。自衛隊、もしくは米軍から緊急連絡があったのか……との連絡があったが、今度来日予定の国務長官の移動手段の確認ということにしておいた」

「誰も怪しむことがなくてよかったです」

「官邸警備隊とSPにダミー車列の手はずを整えさせよう」

首相が車両で移動する際には最低でも五台の車列が付くことになっていた。先行SP、警護課の押さえが二台、首相乗車車両、そして後ろ押さえのSPの五台である。官邸から出る際には、官邸前交差点を当番隊の機動隊が信号操作を行って、全て赤信号にした後、交差点周辺の車両が全て停止しているのを確認して、先行SPが正門から出るのが常だった。毎日、複数回の移動なので、マスコミ関係者だけでなく、国会職員や総理府の職員も慣れたもので、その様子を立ち止まって見る者は少なかった。

官邸警備隊や機動隊は首相のことを日頃から「官長」、つまり「官邸の長」と呼び、「官長M」というと、首相が間もなく移動することだった。

川崎殿町病院では、小手術室において首相のステントグラフト内挿手術が極めて順調に進んだ。佐々木医師がモニターのライブX線画像を見ながら、患部に向けてシースを挿入していく。カテーテルからステントを、大動脈瘤をすっぽりと内側から押さえる位置に留置した。予めMRI検査で大動脈の形状が明らかになっていたため、ぴたりと適合するステントが用意された結果でもあった。

「さすがに速いな」

血管外科医長の近江達夫《おうみたつお》が佐々木医師の施術に立ち会いながら言った。

「この最新型のステントの威力です。併せて首相の血管も結構頑丈なんです。これほどの大動脈瘤ができるには、よほどのストレスがあったのでしょう」

「なるほど……ストレスか……このコロナ禍だけでも大変なのに、オリンピック問題や、内政問題等……確かに最近謝ってばかりだったからな」

「一国のトップになるということは、よほどの覚悟がなければならない……ということですね」

「それにしても、決定的な自覚症状が出てから手術までが一時間……というのも不幸中の幸いだったのだろう」

「就寝中だったらアウトだったかもしれませんね」

そう語った時には、既にカテーテルは首相の体内から抜かれ、血管に入っていたシースイントロデューサーも取り外されて、血管縫合と皮膚の縫合も終えようとしていた。

「終了です」

佐々木医師が近江医長に告げると、近江医長もゆっくりと頷いて答えた。

「見事だった。理事長に報告しよう」

近江医長は手術中に手術室の上部にある見学室に住吉理事長が顔を見せたのに気付いていた。

手術室を出た近江医長が理事長室の扉をノックした時には、首相は手術室を出てストレッチャーでＶＩＰ病棟の特別室に向かっていた。

理事長室には住吉理事長、首相の政務秘書官と廣瀬が応接セットに座っていた。

「理事長、無事、総理の大動脈瘤ステントグラフト内挿手術が終了しました」

「そうか、それはよかった。佐々木君も相変わらずの動きだったな」

「見事としか言いようのない手際のよさでした」

「総理も運がいいな。目が覚める頃に顔を出しておくか……」

そこまで言って住吉理事長は政務秘書官に向かって言った。

「報告のとおりです、関係各所にご連絡をお願いします」

「ありがとうございました。皆、心配しております。ところで、退院までどれくらいかかるのでしょうか？」

政務秘書官はそちらの方が心配とばかりに身を乗り出して訊ねた。

「火曜日の早朝には退院できますよ。天皇誕生日の行事に間に合わないと大変でしょう?」

それを聞いて政務秘書官は大きく息を吐いて答えた。

「ありがとうございます。本当に助かりました」

住吉理事長が軽く頷くと、秘書官は理事長室を出て携帯電話で連絡を始めた。住吉理事長が廣瀬に向かって言った。

「吉國官房副長官に速報を入れてあげて下さい。あの方もまたストレスが溜まっていることだろう」

廣瀬はニコリと笑ってプライベート用のスマホを取り出した。

「副長官、無事に手術は終了いたしました。火曜の早朝にはドクターヘリで所定の場所に送り届けます」

「そうか。それはよかった。住吉理事長にもよろしく伝えておいて下さい。実は、大動脈瘤ということだったので、心配していたんだ」

「足の付け根からカテーテルを使った処置をしましたから、従来の手術と異なり胸を切っておりませんので、身体への負担が格段に少なくて済んでいます。今後は担当医師を議員宿舎に派遣して経過のチェックをすることになるかと思います」

「海外出張も大丈夫なのか？」

「大丈夫です。副長官もくれぐれも御身《おんみ》大切になさってください」

「ありがとう」

電話を切ると住吉理事長が言った。

「吉國さんもあと数ヵ月で、事務方の官房副長官の最長在任期間を塗り替えることになるのですね」

「はい。ここまでくれば記録を樹立していただきたいと思います」

二時間後、首相が入っている特別室に住吉理事長と近江医長、佐々木医師が入室した。

間もなく首相が目を覚ました。住吉理事長が声を掛けた。

「総理、ご気分はいかがですか？」

首相は軽く首を動かして周囲を見回して答えた。

「久しぶりにぐっすり休んだような気がします。大動脈瘤……とかいう声が聞こえたのですが、手術をしたのですか？」

住吉理事長が経緯を簡潔に伝えると、首相が頷いて言った。

「政治空白を作らなくてよかった。佐々木先生、衷心《ちゅうしん》より感謝いたします」

佐々木医師は笑顔で頷いた。その様子を見ていた住吉理事長が言った。

「これも総理が持っている運ですよ。とにかく、この数日はゆっくり休んでくださ い。ついでに血液検査等も行っていますから、人間ドックをするのもいいかと思いま すよ」

特別室の隣室には首相担当のSPが常駐したが、一般のVIP入院患者には首相の入院は全く気付かれることがなかった。

住吉理事長以下の病院職員が首相の病室を出ると、政務担当秘書官が入れ替わりに入室した。

「総理、マスコミ対策はいかがいたしましょうか？」

「人間ドックでいいだろう。病院名はもちろん伏せてだが……」

「承知しました。土、日、月の三日間ということでマスコミ発表しておきます。外遊前で、しかも新型コロナウイルス感染対策としてワクチン接種もされていますから、タイミング的にもあまり問題視されないかと思います」

「そうあってもらいたいものだ。ワクチンは今、国民が一番望んでいるものだ。入院中でもワクチン担当大臣には朝晩、連絡を取るようにしてくれ」

官房長官の定例記者会見は、原則月曜日から金曜日、午前と午後の二回であるため、翌朝、政務担当秘書官が総理大臣官邸の敷地内にある、通称「永田クラブ」と呼ばれている記者クラブの「内閣記者会」に対して総理大臣の人間ドック入りを連絡した。何人かの記者が入院先の問い合わせをしたが、先方に迷惑をおかけするとして、首相の主治医としか発表しなかった。

総理の入院先を知っていたのは、副総理、官房長官、吉國官房副長官と政務担当秘書官だけだった。

土曜日の午後、副総理から政務担当秘書官に電話が入った。

「総理は川崎殿町病院に入っているそうだが、何か病気にでもなったのか？」

副総理の浅野一雄《かずお》衆議院議員はかつて航空機内で起きた毒物による健康異変で、羽田空港から秘密裏に川崎殿町病院に緊急搬送された経緯があったからだった。

「いえ、単なる人間ドックです。今回は外遊前で、しかも新型コロナウイルスのワクチン接種を行っていますので、慎重に全身をチェックするためです」

「それならいいが、三日間も入院することはないだろう？」

「慎重にも慎重を期しているようです。総理自身の希望もあるようで、このところ睡眠不足のようでしたから」

「そうか……まあ、大事にするように伝えてくれ」

浅野副総理はまだ納得がいかない様子ではあったが、それ以上は何も言わずに電話を切った。

廣瀬の携帯に浅野副総理から電話が入ったのは、それから三十分後のことだった。

「おう、廣瀬ちゃん。元気にしてるかい」

「これは浅野さん。お久しぶりです」

「実は妙な噂を聞いたんだが、昨夜、公邸脇の芝生にヘリが降りたらしいんだ」

「公邸脇の芝生……まだ私が学生時代に政権交代があって、当時の各省の記念撮影をしたところですね」

「まあ、俺たちが野党に転落した時の話だから、思い出したくもない景色だけどな。その芝生にヘリが降りたなんぞ、聞いたことがない話なんだが……それと、総理がそこに入院しているのと何か関係があるんじゃないか……と思ってな」

浅野副総理らしい芝居じみた探り方だった。

「ヘリが離着陸するとそれなりの音がするでしょうから、目立ちますよね。しかもドクターヘリだと周囲も注目するような気がするのですが……」

「それが、着陸を見た者はほとんどいないようなんだが、離陸の時はさすがに音がするからな……しかし、なんと、そのヘリは迷彩色だった……という話なんだ」

「自衛隊ですか？」

「いや、防衛省にはそういう連絡はなかったらしい」

「米軍とか……」

「米軍か……調べようがないな……」

「日米二プラス二を開催するらしく、米国務長官と国防長官が来日するというニュースがありましたが……」

「そうなんだ。ブリンケン国務長官は個人的にもよく知っているんだが、オースティン国防長官は全く知らないからな……防衛相も今回が初めてのようだからな……そうか、ペンタゴンならやりかねんな……」

「その辺のことは、僕は全くわかりませんから……浅野さんの松村《まつむら》秘書官の方がよくご存じなのではないですか？」

「松村は外務省にはパイプが太いが、俺を含めて防衛省には足を踏み込んでいないからな。案外、廣瀬ちゃんの方がパイプは太いんじゃないの？」

「僕は情報本部と習志野《ならしの》第一空挺団だけですよ」

「第一空挺団？」

「はい。降下訓練始めは毎年行かせていただいています。防衛相にとっては、観艦式同様、最高の舞台だと思いますよ。何よりも大臣と隊員との距離があんなに近く感じることができるところは他にないと思います」

「そうか……そんな行事があるのか……。軍隊や警察はそういうところがいいよな」

「浅野さん、軍隊ではありませんよ」

「自衛隊だったな。廣瀬ちゃんにはついつい気を許してしまうからな。本音が出てしまうんだよ。それよりも総理は本当に大丈夫なんだろうな？」

「室内を歩き回っていらっしゃいますよ。携帯はつながっていますから、顔を見ながらお電話されればご安心でしょう」

「そうか、百聞は一見に如《し》かずだからな。それにしても川崎殿町病院というか、住吉理事長、廣瀬ちゃんコンビは、今や医学界では飛ぶ鳥を落とす勢いだな」

「理事長はともかく、僕は全く関わっていませんよ」

　廣瀬は軽くかわした。

　しかし、浅野副総理はさらに言った。

「ある筋からの情報では川崎殿町病院は、世界に誇るスーパーコンピュータ『富岳』

を活用した、新型コロナウイルス（SARS-CoV-2）の性質の解明、および新型コロナウイルス感染症（COVID-19）の治療薬となりうる物質の探索などに利用するための情報提供を行うそうじゃないか」

「よくそんな話をご存じですね」

廣瀬は浅野副総理の情報網の広さに感心していた。

「俺は、コンピュータの世界はそんなによく知っているわけじゃないが、構築費用を千三百億円も投入して創った『富岳』が飛沫の飛び方なんぞを画像化しているのに呆れていたんだ」

「富岳の本格運用開始は今年の三月からですよ」

「そうなのか？　もうとっくに動いていると思っていたが……そうすると、新型コロナウイルスの分析は案外早いのかもしれないな」

「ウイルスの分析は他国ですでに終わっています。富岳が狙うのは特効薬の早期開発になるかと思います」

「そのために川崎殿町病院はデータを送っているのだろう？」

「昨年の大型クルーズ船以来、様々な新型コロナウイルス感染者のデータを蓄積、分析してきましたから、相応の結果が出ることを祈っています」

「そうか……治療だけでなく、そういう分野を大学病院でもない個人の病院内に持っておるところが川崎殿町病院の凄いところだ。俺の体内にあった毒物も科捜研と一緒に探し出したんだからな」

「科捜研ではなく科警研です」

廣瀬は浅野副総理が不思議と好きだった。しかし、この日はあえて口ごたえをするかのように言うと、浅野副総理は気に留めることもなく言った。

「素人にはどちらも同じようなものだ。廣瀬ちゃん人脈が十分に活用されているからだよ」

「ルートを知っているだけのことです」

「それが大事なんだよ」

浅野副総理の話が終わりそうにないため、廣瀬が言った。

「浅野さん、今日は忙しくないのですか？」

「俺は土曜の度に地元に帰るような暇はそもそもないが、新型コロナウイルス感染が鎮まらないうちに、政治家がのこのこ東京を離れるのを嫌う人も多いからな。そんなことより、廣瀬ちゃんも土曜出勤しているわけか？」

「一応、内閣総理大臣が人間ドックとはいえ入院されていらっしゃるわけですから、危機管理担当として病院を空けるわけには行きません」

「そりゃそうだな……元気とはいえ、普通の患者じゃないからな……今日は上のレストランはやっているのかい？」

「元旦を含めて年中無休が病院ですから、午後八時まで営業しております」

「そうか……総理の見舞いがてら晩飯でも食いに行くかな……」

「わざわざここまでいらっしゃらなくても、ご自宅の寿司カウンターでゆっくり召し上がったらいかがですか？」

「一人で寿司喰っても美味《うま》かないだろう。午後五時に行くから、総理も一緒にどうか訊ねておいてくれよ」

「浅野さんが直接電話されればいいじゃないですか。それよりも、総理、副総理の政府ワンツーが東京を離れてよろしいのですか？」

「本当は総理だって都内の病院に入るのが普通なんだよ。まあ川崎殿町病院は大田区の分室のようなもんだからいいだろう」

「うちの住吉にも声がけしておきますね」

「住吉理事長か……まあいいや。どうせ与太話だけだからな……」

浅野副総理は声を出して笑うと一方的に電話を切った。

廣瀬は苦笑いをしながら「まだ疑っているな……」と、呟いていた。

午後四時半に住吉理事長がハイネックのセーターにジャケットというラフな格好で川崎殿町病院にやってきた。

「浅野副総理は総理の病気を疑っているのでしょう？」

廣瀬の顔を見て笑いながら訊ねた。

「どうしても自分の目で見なければ気が済まないのでしょう。公邸にヘリが降りたことを気に留めているようでしたから」

「ご本人も総理大臣を経験しているから、本能が働くのでしょう。総理には副総理から電話を入れてもらったのですか？」

「いえ、私がお伝えしました。ニコリと笑っていらっしゃいました。あの笑顔を国民に見せてあげれば支持率はもっと上がるのでしょうけど……」

「今の政局では、なかなか笑う場面がありませんからね」

住吉理事長が気の毒そうな顔つきで言ったので、廣瀬が頷きながら訊ねた。

「人間ドックで通しますか？」

「総理の意思を確認してもいいですが、私も医師として人間ドックで押し通すことを勧めます」

住吉理事長が一人で総理の病室に入って数分間打ち合わせをして二十二階の第二理事長応接室に廣瀬を呼んだ。

「総理も人間ドックで通すそうです」

「了解いたしました。食事はレストランの個室に致しますか？」

「いや、ここで食べましょう。今日はＶＩＰの見舞客が多いようです」

「ここからの富士の夕焼けをご覧になったら、浅野副総理は驚かれるでしょうね。総理は地元の個人事務所から似たような眺めを見ることができますから」

「そうですね……都心の一等地で広大な敷地であっても戸建てとなると、この景色はありませんからね」

午後五時五分前に川崎殿町病院のＶＩＰ棟車寄せに浅野副総理が到着した。

すでに住吉理事長と廣瀬が車寄せで待っていた。

副総理担当のＳＰが素早く助手席から降りて私用メルセデスベンツの後部座席の扉を開けた。

ＳＰが頷くのを確認して浅野副総理が車から降りると、住吉理事長に向かって軽く右手を挙げて言った。

「休みのところを悪かったなあ」

「いらっしゃいませ。グリル スミヨシへようこそ」

住吉理事長が笑顔で迎えると、浅野副総理は笑顔を絶やさずに言った。

「総理は病室？」

「はい。今日は見舞客も多いものですから、ほら、向こうの窓で副総理に手を振っていらっしゃいますよ」

「ここが病院と知らなければ、ニューヨークの高級マンションのようだな。俺が来たときには、そこのヘリポートはなかったよな……。ますます機能充実……という感じだな」

「このヘリポートは屋上よりも手術室に近いため、廣瀬君の意見を聞いて新たに造りました」

「センスがいいよ。緑の芝に囲まれたヘリポートか……」

そう言うと、浅野副総理がちらりと廣瀬を見た。廣瀬は笑顔で答えた。

「渋谷《しぶや》にあるパラディオ建築のご自宅ならば二機でも三機でも離着陸できるのではないですか？」

「うちにヘリポートはないよ」

浅野副総理が公邸の芝生を意識していることを悟った廣瀬の切り返しを住吉理事長が感じ取って笑いながら言った。

「では、総理のところに参りましょう」

すると浅野副総理が住吉理事長にストレートに訊ねた。

「総理は急に今回の検査を決めたの？」

「一回目のワクチン接種が気になっておられたようで、訪米の日程変更から、この週しかないと判断されたようです」

「そうか……俺もまだワクチンは打っていないからな。高齢者は来月からだからな。住吉さんはもう打ったの？」

「私は形式的には医療従事者に該当するようなのですが、診察をしていませんから、ワクチンは後回しです」

「診療をしないオピニオンリーダーだったかな」

院内に入るとＶＩＰ専用エレベーターで二十階の病棟に向かった。

「懐かしいな……病院でありながら、薬の匂いがない。世界中のどこに出しても恥ずかしくないホテルだ。ただ、廊下の幅は広すぎるけどな」

「ストレッチャーだけでなく、たまにはベッドごと移動する場合もありますから」

「SPの管理官自ら警戒に当たっているのか？」

「初日ですから、チェックが必要だそうです」

「そうか……今朝からだったな……」

浅野副総理は病室の前で大きく深呼吸をしてドアをノックした。部屋の中から政務担当秘書官が扉を開けた。

「副総理、お忙しい中、ありがとうございます」

「当然のことだろう」

浅野副総理は秘書官の肩をポンと叩いて病室内に入った。病室に入ると、そこは六畳ほどの控えの間で、さらに奥に扉が二つあった。左側が応接室、右側が病室だった。病室の扉を秘書官がノックして開けた。浅野副総理が秘書官を追い越して先に室内に入った。

「何だかICUのような、機械だらけの病室だな」

総理は窓枠に寄りかかるようにして立っていた。部屋の感想を先に口にして、ようやく総理に向かって笑顔で言った。

「びっくりするじゃないか。何かあったのかと思ったよ」

「外遊前に体調を万全にしようと思いましてね。ワクチン接種の影響か、少しだるい時があったものですから」

「まあ、最悪のタイミングでトップに就いたんだ。仕方ないだろうな……ん？　人工呼吸器まで置いているのか？」

「いえ、これは睡眠時無呼吸症候群の検査機器です」

睡眠時無呼吸とは、睡眠中に呼吸（口や鼻の空気の流れ）が十秒以上停止する状態のことをいう。また、一時間あたり五回以上無呼吸や低呼吸が発生し、そのために熟眠できず、日中など起きている時間に異常な眠気を催す状態のことを睡眠時無呼吸症候群という。

「つまらん予算委員会や、本会議が続くと誰でも眠たくはなるが、最近は一回生でも本会議中に寝ているたわけ者がいるからな。困ったもんだ。どうなの？　自覚症状はあるの？」

「いや、自覚症状というほどのものではありませんが、ワクチン接種の影響かもしれません」

「なるほど……まあ、そうやって窓際に立っているのだから安心したよ。ここに来る途中に渋谷を通ったが、人で溢れていたよ。親の心子知らず……じゃないが、何を考えているのか情けなくなる」

ね」

「緊急事態宣言も二回目となると、緊張感も危機意識もなくなるものなのでしょう

「そんなに死んでねぇからな。去年は有名人があっけなく死んでしまって、国民に恐怖感もあったんだろうが、今どきの馬鹿なガキどもは、新型コロナウイルスなんて、何とも思っちゃいねえ」

「情けなくなる時がありますよ」

「情けなくなる……といえば、こういう時こそ知事クラスの優劣がはっきりしてくるものだな。そこに地方自治体の住民も気がつきゃいいんだが、直接選挙のくせに鈍感なんだよな」

「最近はパフォーマンス好きな首長が多いですからね」

「そういや、総理を『教養のレベルが図らずも露見したということではないか』などと、大した教養のない首長が言っていたからな。あの男はかつて、理想とする内閣の防衛大臣に、オウム真理教の麻原彰晃を『宗教集団としては、最後まで俗世間の法律は無視するという手もあると思う』とまで言って擁護した宗教学者を挙げたくらいだからな。あの程度の地方の首長くらいだからまだしも、国家の政治に関して口をはさむには全く無能としか言いようがない」

「学者かぶれ……という程度の人なのでしょう」

そこまで答えて、総理は浅野副総理の後ろにいた、住吉理事長と廣瀬に向かって言った。

「住吉さん。私は浅野副総理……というよりも、浅野元総理のことは、さすがに国家のトップにあっただけのことはある人だと、心から思っているんですよ」

これを聞いた浅野副総理が笑いながら訊ねた。

「俺のどこを見て言ってるの？　俺なんか世の中の小学生を持つ母親から『漫画ばかり見ていると浅野総理みたいに漢字を読めなくなる』とまで言われていたんだぜ」

これに総理は真顔で答えた。

「インテリジェンスのさばき方についての見解です。私は外交が弱点だと言われていますし、自覚もしているのですが、浅野元総理のインテリジェンスに対する見解は『これが外交の品格だ』と、未だに感心しているのです。廣瀬君はどう思う」

急に話題を振られた廣瀬は、一瞬言葉を選んで答えた。

「いつか元外交官との対話の中で、イギリスとアメリカのインテリジェンス分析の違いを極めて端的に述べられていたのが印象的でした。ゴルゴ13が浅野副総理の格好をした原画を展覧会で見たことがありますが、さすがにプロはプロを認めていらっしゃる……と感心したものです」

浅野副総理が珍しく嬉しそうに声を出して笑いながら答えた。

「廣瀬ちゃんも、病院勤めが長くなるとそんな歯の浮くようなことを口にできるようになるもんなんだな。元警察官とは思えないなぁ」

「今でも、基本は変わっていませんが、褒める時は褒めるものです」

「そうかい。久しぶりに辛口の二人から褒められると気分がいいな。美味い飯でも食いに行くか。総理はもとから酒を飲めないから仕方ないが、住吉さんのところの店はいい酒、置いてるんだろう？」

ようやく住吉理事長が穏やかな笑みを浮かべて答えた。

「今日はレストランが混んでいるようですので、別室で食事を用意いたします。酒は浅野副総理のお好きな、熱燗《あつかん》にすると美味しい、安くてウマい日本酒も用意しておりますよ。もちろん、ワイン、ブランデーとシガーもありますが」

「ここは病院じゃないの？　ところで俺の素行調査は廣瀬ちゃんの仕業かい？」

「四谷《よつや》の立ち飲みの店で何度かお見かけしていたんですよ。当時、そこの酒屋に出入りしていた業者が、今や山形の実家に戻って日本一の酒蔵の主《あるじ》になっていますけどね」

「なんでもよく知ってるな」

住吉理事長が案内して二十二階の第二応接室に入ると、さすがの浅野副総理も「おおっ」と声を上げた。

「夕焼けの富士はこんなに綺麗なのか……。住吉さんは毎日こんな景色を眺めながら美味い酒を飲んでるんだな」

「普段は赤坂の本院です。こちらに来るときは特別な案件がある時だけです」

「なに、普段は空き部屋なの？」

「そうなります」

「もったいないな……これが本当の贅沢というものなんだな」

応接室の応接セットが片付けられ、ダイニングテーブルが用意されていたが、総理も副総理も窓際に立って夕焼けに染まる、まさに霊峰を思わせる富士山にじっと見入っていた。

「さて、食事に致しましょう。レストランのメニューを用意しておりますが、本日はシェフもスタンバイしておりますので、何なりとお申しつけ下さい」

「ほう、面白いな」

副総理がメニューを開いて唸った。

「まさにゴールデンライオンだな」

「私にはオリガミのようです」

総理が笑って答えると、副総理が茶化すように言った。

「昔のバロンと同じ……なんじゃやないの？」

一流ホテルには「クラブルーム」と呼ばれる、ホテル内レストランの西洋料理、和食、中国料理などの料理や飲物を堪能《たんのう》することができるサロンがある。寛《くつろ》いだ雰囲気の中で好みの味をゆっくり楽しむことができるのだ。浅野副総理が日頃から使っている帝国ホテルのクラブルームの別名が「ゴールデンライオン」、ホテルオークラ東京に以前あったワインダイニングが「バロン」である。クラブルームではないが、国会近くにあり、国会議員御用達のザ・キャピトルホテル東急のオールデイダイニング「オリガミ」のメニューは、クラブルームのシステムに似ている。

浅野副総理の一言でようやく二人揃った笑顔を見ることができた。

「前菜と牡蠣《かき》フライを貰おうかな。肉はプライムリブを少しだけでいい」

「私は生ウニのオムレツをお願いします。肉は鶏の胸肉をお願いします」

住吉理事長と廣瀬はシェフのお任せをハーフポーションで注文した。

住吉理事長が浅野副総理に訊ねた。

「熱燗になさいますか？」

「いいねぇ。何かお勧めは？」

「千葉の福祝の特別純米もありますが」

浅野副総理が「フフッ」と笑って「もらおう」と言った。

ゆっくりとした食事が始まった。

話題は浅野副総理が総理に気遣ったのか、アメリカ経済の話題になった。

「イエレン財務長官はトランプ前政権時代の単独行動主義的な政策からの転換を進めることがスタートだろう。そのためには、今後数年間は低金利が続くことになるだろうな」

浅野副総理の言葉に住吉理事長が訊ねた。

「二百十兆円規模の経済対策がインフレ圧力を引き起こすことにはならないのでしょうか？」

「低金利政策だから、その可能性はないだろうな」

「アメリカは未だに九百万人の雇用を失ったままですね。やはりそれは、コロナ対策次第……ということでしょうか？」

「そうなるだろうな。未だにアメリカではコロナが拡大しているからな」

総理は二人の会話を頷きながら聞いていた。浅野副総理が廣瀬に訊ねた。

「廣瀬ちゃん。中国をどう見ている？」

「全人代の結果を見る限り、経済が深刻なのではないかと思いますね。習近平は歴史上の独裁者にありがちな深い焦りの中にいると思います」

「いい指摘だね。プーチンとの関係をどう思う？」

「お互いに国民の利益を置き去りにした政策を進めるしかないわけで、環境問題を真剣に考える余裕がない状況だと思います。中国は河川、ロシアはツンドラが破壊されつつあります」

「環境問題は経済に余裕があって初めて本気で取り組むことのできるものだからな。EUはどうだい？」

「ドイツとトルコ次第ですね」

「トルコか……エルドアンは何を考えているだろうな……」

「金が欲しいだけです。取れるところからいくらでも取りたい……それだけなのですが、ドイツがウンと言わなければ、シリアの難民に国境を開放することになります。そうなると、EUは再び新型コロナウイルスが大流行することになるでしょう」

「そこか……廣瀬ちゃんは常に知的複眼思考法を保っているんだな。若手政治家にも学んでもらいたいよ。ところで住吉さん、医療法人としては儲かってるの？」

「ありがたいことです」

「経営が上手いというのは傍《はた》から見ていても気持ちがいいもんだよね。総理はどう思う？」

「国や地方自治体も同じですが、役人は『所詮人の金』という意識が抜けないんですね。無駄な金を使うところが多すぎます」

「沖縄なんかその典型だろう？　沖縄県で開かれたアイドルグループの『選抜総選挙』イベント開催費の一部に、観光振興名目で政府の沖縄振興予算が二八〇〇万円も使われていたことがあったからな。翌年、沖縄振興一括交付金を減額したら大ブーイングだった。笑ってしまったよ」

「私も沖縄との窓口に努めていたのですが、あの時ばかりは開いた口が塞がらなかったですね」

総理が苦笑いをして答えた。

「産業のほとんどが自然頼みだし、観光産業もコロナで厳しい状況だ……企業誘致を考えても労働力との問題があるしな」

「これは沖縄だけに限ったことではありません。しかも、日本だけのことでもないわけで、世界中でワクチン接種プログラムが予定どおりに進み、成功することが前提になります」

「厳しい条件だな……、いくつかの企業の努力に頼るしかない……ということか。そこに先ほどの話ではないが、川崎殿町病院のような先を見ることができる医療機関が富岳のようなスーパーコンピュータと結びつき、一刻も早く国産の治療薬を開発することが大事なんだ」

浅野副総理の言葉に総理が頷きながら言った。

「このオムレツは絶品ですね。メニューにない素材でありながら、ここまで見事な塩水ウニを使うとは……」

「さすがによくわかっていただけてありがたいことです。蝦夷《えぞ》バフンウニの塩水保存です」

「生ウニに明礬《みょうばん》の味がしないんですよ。食事の楽しみができました」

「ここの飯は本当に美味いんだよ。快気祝いをここのレストランでやって退院する患者もいるそうだ。患者に精神的な余裕を与えるというのは実にむずかしいと思うんだ。もちろん、食に興味がない人も実際にいるらしいが、そんな患者はこの病院には来ないだろうからな。政治も同じで、国民のどのレベルに合わせて政策を決定するのか……その距離感を役人も政治家も考えなければならないんだ」

これを聞いて住吉理事長が言った。

「病院というところは、患者の今の痛みを取り除くだけなく、その原因や、将来への不安も取り除いて心の健康を保ってもらうための施設だと思っているのです」

「それじゃあ儲からなくなるんじゃないの？」

「いえ、今回の新型コロナウイルス感染症でもそうですが、将来的に新たな病気もたくさん出てくると思うのです。ですから、今の病に関しては根治療法とも根幹治療ともいわれる『元から治す』治療を行うことが大事なのです」

「なるほどね。政治も同じだな。行き当たりばったりじゃダメなんだが、つい『試行錯誤』という言葉にごまかされてしまう」

「今回の新型コロナウイルス感染症対策も同様でしょう。第二波、第三波、そして今度は第四波ですか……根治療法をしない限り、波の高さはどんどん高くなるのですよ。中途半端な法律をいくら作っても意味がないのです。一般国民にも罰則を加えるような姿勢がなければ、新たな病には対処できません。もうそろそろ、政治家の方も日本人の性善説に疑いの目を持った方がいいと思いますよ」

「住吉さんの言葉とも思えないな」

「この病院で働いている医療従事者の姿を半日みていればわかりますよ。彼らが、誰のために何のために懸命に汗を流しているのか……それでありながらこの時期になっても自己責任を放棄して感染してくる患者を受け入れなければならないのです。しかも、そんな輩のせいで自分自身、さらにはその家族にまで感染の虞が出てくるのですよ。『冗談じゃない』……決して口には出せないが、本当にそう思いながら、仕事をしているのだと思います」

「そうか……そういう人たちと同じ建物の中で、こんなにのんびりと飯を食っていてはいかんのだな……」

「いえ、そういう状況の中でも、このような料理を懸命に提供してくれている職員がいるのも事実です。今回、浅野副総理がここで食事をしたい……とおっしゃってくれたことを私は嬉しく思ったくらいですから」

「まあ、それは怪我の功名……ってところかな」

廣瀬は浅野副総理が総理の健康状態を確認しにくることがその目的であったことをよく知っているだけに、浅野副総理が言った「怪我の功名」の意味をよく理解して微笑んだ。浅野副総理も廣瀬の笑顔に気付いて薄笑いを浮かべていた。

一時間半をかけて食事をすませると、浅野副総理が総理に言った。

「日米首脳会談だけでなく、その先の多難を乗り切るためにも、体中の不安をなくしておいて下さいよ。俺ももう八十だからな。いい加減で滅私奉公から解き放たれて、南仏あたりでのんびりと熱燗飲んでいたいんだよ」

「シチリア島ではなくて、南仏のリゾートで熱燗ですか……」

廣瀬の言葉に皆が笑った。

帰り際、ＶＩＰ用の車寄せで浅野副総理が薄笑いを浮かべて廣瀬に小声で言った。

「みんな役者だな」

「浅野さんは役者を育てる本物のお大尽様ですから」

「オダイジン？　どっちのダイジンだ？」

「両方です」

浅野副総理が一人大笑いをして車に乗り込んだ。

第六章　ターゲット

空が高く感じられるような、抜けるような青空の朝だった。久しぶりに朝から晴れて風もそよ風という、誰もが心地よさを感じる朝だった。廣瀬は連休を仕事で過ごしたが、総理も無事に退院し、その達成感もあってか早起きをして家を出た。

廣瀬がハミングしながら川崎殿町病院に出勤していると、後ろから追いついた持田奈央子が声を掛けた。

「廣瀬先生がハミングなんて珍しいですね」

廣瀬はややはにかんだような顔つきをして答えた。

「ようやく春らしい爽やかな朝ですからね。つい口ずさんでしまいました」

「とても楽しそうでしたけど、何の曲だったのですか？」

「メロディーはサンブル・エ・ミューズ連隊行進曲という、フランスらしい血生臭い歌詞の行進曲なんです。でも、僕が口ずさんでいた詞は『だれかが口笛ふいた』という、芥川賞作家の阪田寛夫《さかたひろお》がこの曲に付けた歌詞です」

「初めて聞く名前の曲名ですけど……」

「僕が中学生になって、初めて音楽の授業で習った曲です」

廣瀬が照れながら答えた。

「中学生……すると、その後、ずっと口ずさんでいらっしゃるのですか？」

「そう。春になると必ずね。これを初めての授業で教えてくれた音楽の先生が素晴らしい人だったんですよ」

「初恋の人……とか……」

持田がいたずらっぽく笑顔で訊ねると、廣瀬は笑って答えた。

「香月《かづき》先生という男の先生ですよ。ピアノがとても上手でね。ピアノを弾きながら歌ってくれたんです。もちろん音楽の教科書に載っている曲でしたけど……。僕にとってある種のカルチャーショックもあったのでしょうが、先生はどうしてこの曲に、こんな詩が付けられたか……なんて、当時の日本の音楽事情の歴史的背景なども教えてくれて、音楽が学問の一つだと初めて感じた時でした」

「先生だけでなく、音楽とも素敵な出会いだったんですね」

「そう。小学生の時の音楽の授業は実は好きじゃなかったんです。二年生と五年生の時の女性の担任が、音楽の指導者でもあったのです。ただ、今でいう暴力教師というか、異常なヒステリック教師で、五年生になっても、男女を問わず自分が気に入らないと児童を教壇の前に呼び出して、同級生の前でパンツを降ろしておしりをぶったんです」

「女の子も、男子の前で……ですか？」

「そう。異常な人でした。当時の日教組バリバリ教師というか……大好きだった女の子のおしりも見ちゃったんですけどね」

「可哀想……本当にそんな教師がいたんですか？」

「そう。時には児童に児童を殴らせるようなこともしていましたからね」

「酷い……。廣瀬先生も、そのお仕置きをやられたのですか？」

「回数を覚えてないくらいね。そんな異常教師が教える音楽だから、楽しい思い出は全くありませんでした。そして中学生になって最初の音楽の授業で目から鱗《うろこ》というより、人生観を変えさせられるような衝撃を受けたんです。今でも鮮明に覚えていますよ。『だれかが口笛ふいた　ならの木のかげでさ』の歌詞の後に、おそらく香月先生がアレンジされたのだと思われますが、ピアノのフォルテで『チャン　チャ　チャーン』と行進曲らしいリズムを入れるんです。まさに僕と音楽との出会いの瞬間だったような気がします」

「先生のアレンジが入ったリズムですか……素敵ですね」

「そう。この時、ついでのように、フランス国歌の『ラ・マルセイエーズ』もピアノで弾いてくれて、その、血生臭い歌詞も、サンブル・エ・ミューズ連隊行進曲の歌詞同様に教えてくれたんです。どちらも曲は美しいのに、その歌詞は『我らの子と妻の喉を掻き切りに来る』であったり『ライフルを肩に　勇気を心に』だったり、フランス人に植え付けられた闘争本能を思い知らされました。それに比べて日本の国歌『君が代』の歌詞がなんと悠長なことか……天皇さんの御代《みよ》が『千代に八千代に……』いいんじゃない……って感じでしたね」

「中学一年生で、そこまで学んだのですね」

「そう。だから、音楽というものが日本になかった時代に、外国の素敵な曲に全く関係ない歌詞を付けた、想像力というか、そういう発想が面白いな……と思ったんです。現代でも、グスターヴ・ホルストの管弦楽のための組曲『惑星』の中の『ジュピター』に歌詞をつけて歌っている人がいますけどね。最近の若い日本人の中に『ジュピター』の中間部の旋律がイギリスの愛国歌、またイングランド国教会の聖歌となっていることを知っている人は少ないと思いますけどね」

「廣瀬先生の発想も面白いと思います。今度、ネットで『だれかが口笛ふいた』を聴いてみますね」

「是非聴いてみて下さい。春らしい素敵な歌詞の曲ですよ」

廣瀬の満面の笑みにつられて持田も笑顔になっていた。

廣瀬は笑顔のまま、持田と並んで川崎殿町病院の職員通用口から院内に入った。

廣瀬の姿を認めた医事課の亀山《かめやま》主任が声をかけた。

「廣瀬先生、なんだか今日は嬉しそうですね」

「うん。天気がいいからね。春が来たな……って感じでしょう」

亀山の挨拶に廣瀬が笑顔で答えながら、日頃、自分がどんな顔つきで職場に現れているのかが気になった。

「亀山さん、僕は普段、そんなに暗い顔をしている？」

「そういうわけではなくて、今日は特別嬉しそう……というか楽しそうに見えたものですから」

「そうか……これから朝はできる限り明るい顔をするように気を付けますよ」

「でも、本当は何かいいことあったんでしょう？」

「通勤途中に楽しい思い出を回想したからですよ。ある曲を口ずさんでいるところを持田さんに見られてしまってね」

「そうだったのですか……確かに気持ちのいい朝ですものね。そういえば私も鼻歌を歌っていたような気がします」

廣瀬が自室に入ると、これを見計らっていたかのように卓上の電話が鳴った。ディスプレイを確認すると病棟の内線番号が表示されていた。

「おはようございます。廣瀬です」

「感染症病棟当直主任の内海《うつみ》と申します。常任理事のお耳に入れた方がいいと思いましてご連絡いたしました」

「何かありましたか?」

「先週出産された高橋かおるさんなのですが、産後うつの兆候が出始めているのです」

「産後うつ……ですか……。産科のチームはどのような対応をしていますか?」

「栗田助産師が対応をしていらっしゃいまして、栗田さんと話をしている時や、その後は落ち着いているのですが、夜になると急に大きな声を出されることがあるのです」

「何か薬の投与はしているのですか？」

「特にひどいときだけ二度、軽めの安定剤を処方しているのですが、昨夜は、産科の看護師二人では抑えきれなくて、感染症内科の看護師も二人駆けつけて、ある程度の有形力の行使を行いました」

「有形力の行使……どのような形ですか？」

「証拠保全のために全てビデオ撮影をしていますが、点滴の輸液チューブを勝手に外して騒いだものですから、本人の生命身体の安全を考えて、私が保護ベルトを使って、両手、両足をベッドに固定しました」

「現在はどういう状況ですか？」

「栗田さんがいつも早めに出勤して下さるので、対応して下さって、今は保護ベルトを外して、落ち着いています」

「点滴は再開しているのですね」

「これも栗田さんがやって下さいました。栗田さんがまるで魔術師のように見えてきました」

「なるほど、これからそちらに伺います。感染症内科の判田先生を呼んでおいて下さい」

廣瀬は白衣に着替えると感染症病棟に向かった。感染症病棟に入るには、一般病棟で院内感染予防のため全身を覆うビニール製のガウンとアイガード、N95マスクを着装して、エアールームに入り、さらに滅菌ルームを経て感染症病棟に入ることになる。

感染症病棟のナースステーションに入ると、栗田助産師が判田医長と話し合っているところだった。

「おはようございます。お二人とも早いんですね」

「感染症病棟は六部制ですから、宿直員を早く休ませるために第一日勤の職員が早めに交代しているんです」

「判田医長は宿直がないと思いますが、毎日早く出勤されているんですか？」

「現場の大変さをよく知っていますからね。交代時にトップがいなければ引継ぎした事実を報告するという、二度手間になってしまいますでしょう。そんなことさせては職員に申し訳ないでしょう」

「休みは取っていただいていますよね」

「どこかの大臣とは違いますよ。私が倒れることが一番の迷惑であることは理解しています。畑瀬《はたせ》先生にも負担をかけてしまいますからね」

「畑瀬先生には国会対応もお願いしていますからね。判田先生と畑瀬先生には多くのマスコミからも取材依頼が来ていますが、お断りされていらっしゃいますね」

「本当に治療に当たっている医者はテレビに出ているような暇はありませんよ。医者というよりも大学の先生のようですね」

感染症内科の判田誠一郎医長と畑瀬直樹《なおき》医師は有数の感染症専門医として、欧米でも名が通っていた。

「なるほど……テレビに出てくる顔ぶれもほぼ固まっていますからね」

「芸能プロダクションに入られた方までいらっしゃいますからね」

「コロナ様々……というところでしょう。それよりも産科からの患者が病棟に負担をかけているようですが」

「そうですね……どういう育て方をしたらあのような我儘《わがまま》な人間に育つのかわかりませんが、ただただ呆れるばかりですね」

　これを聞いて廣瀬が栗田に訊ねた。

「栗田さんの言うことは聞くようですね」

「彼女の生来の我儘な部分は別として、現在の彼女の状態は『マタニティブルーズ』という、産前産後に起こるホルモンバランスの変化が原因だと思います。自律神経やメンタルが不安定な心理状態のことをいうようですが、日本では何でもかんでも自律神経失調症という病名で片付けてしまう傾向があります」

「敬徳会の病院に精神科と心療内科を置いていない理由はそこにもあるのです」

「どういうことですか？」

「自律神経は一言でいうと、循環器、消化器、呼吸器などの活動をコントロールし、体内の環境を整える神経で、交感神経と副交感神経に分かれています。この二つのバランスをそこなうことによって心身に歪《ゆが》みが生じる状態になるわけです」

「その原因の多くは、ストレッサーと言われる外部からの様々な刺激が心や体に負担をかけて生み出すストレスなんですよね」

「そう言われていますが、これがウイルス等と違って、人によって全く違う結果になるわけです。国際自律神経研究会という組織もあるようですが、根本的な治療法がなく、しかも治療の多くが投薬の組み合わせで行われています。その中でも日本の精神科や心療内科に対しては『薬漬け』との批判を受けることも多いのです」

「その話は大学の授業で習いました。心療内科は、心の病が原因で症状が『身体』に現れる病気を治療する分野で、精神科は、心の病が原因で症状も『心』に現れる病気を治療すると。でも、結果的に処方する薬が単なる胃薬や抗うつ剤になっていますよね。さらにはアルコールや薬物などの依存症も精神科の担当分野になっていて……。守備範囲が広すぎるような気がしています」

「そうですね。数値に現れない病気ですから、医師の判断になるわけです。そして、最も出しやすい診療結果が『自律神経失調症』ということになるのでしょう。栗田さんは高橋かおるさんの病状をどう考えていますか？」

廣瀬の問いに、栗田は数秒考えて答えた。

「私は、彼女が本当に心を病んでいるのか判断が付きかねているのが本音です。赤ちゃんのお父さんの名前を言わないことも、本当に相手の芸能人に愛されているのか自信がないのではないかと思います。衝動と計算の間で揺れていながら、さらに新型コロナウイルス感染症という想定外の病気に罹患したことで、計算に狂いが出てきたのではないか……とも思っています」

「彼女の精神面をどう考えていますか？」

「いわゆる発達障害か多動性障害の傾向があるような感じですね」

「でも、栗田さんには、表現は違うかもしれませんが、なついている……という感じなのでしょう？」

「歳が近くて、彼女の話をじっくり聞いてあげたことで安心感を持ってくれているのだろうと思います。彼女は自分の経歴等は全く話しませんが、彼女の母親は学歴等にうるさいらしく、その影響か、私に対しても出身大学等をしきりに聞いていました」

「東大大学院と答えたのですか？」

「はい。すると急に英語で質問してきたので、英語で答えると、どこで勉強したのか、また執拗《しつよう》に訊ねてくるのです」

「彼女は英語が堪能なのですか？」

「高校はアメリカ西海岸だったそうです。日常会話は相応にできますが、『Oh my God』を連発するところは、そんなに高い教育は受けていないような気がしました」

「『オーマイガー』ですね。よくわかります。栗田さんは留学の話もしましたか？」

「はい。何の勉強をしていたのかも訊ねてきたので、臓器移植手術のアシスタントや縫合だというと、驚いていました」

「まあ、誰でも驚くでしょうね」

「ただ、そこに安心感を持ってくれたようで、心を開きつつあるような気はしています」

「昨夜は初めてベッドに縛られたのですが、その件について何か言っていましたか？」

「自分がどうなるのかわからなくて怖かった旨のことは言いましたが、暴れたことや、点滴セットを取り外し、輸液スタンドを倒したことはうろ覚えなんです。私が朝、彼女のところに行った時は眠っていましたし、目が覚めた時に保護バンドで身体が動かないことに気付いたみたいで、驚いていました」

「そうでしたか……保護バンドは栗田さんが外してあげたのですか？」

「いえ、感染症内科の看護主任です」

「その時、彼女は何か言いましたか？」

「看護主任に『ありがとうございました』と言っていました。その前に、私が暴れたことを伝えたからだと思います」

「そうでしたか……」

「出産という、女性にとって運命的な行為を終えた時に、夫も、親、兄弟も傍におらず、しかも産んだ子どもを抱くこともできないというのは、本人にとって極めて厳しい状況なのだろうという気がするのです」

「なるほど……確かにそうですね。身内が誰も守ってくれないような気になってしまうのでしょうね」

「はい。特に彼女を最も不安にしているのは赤ちゃんではなくその父親のことなのです」

「どういうことですか？」

「赤ちゃんの父親に当たる芸能人が、本当に父親でいてくれるのか、さらには彼女に対して、今後もパートナーの関係を続けてくれるのか……の確信が持てないでいるのです」

「そうでしたか……最大の問題でしょうね。退院までまだ一週間はかかると思いますが、彼女は大丈夫でしょうか？」

「私も少しずつ面談の時間を増やしてあげたいと思います」

「通常の産科業務もあるのに大変でしょうが、よろしくお願いいたします」

「大丈夫です。私も勉強になっています」

川崎殿町病院の産科は他の新型コロナウイルス患者を受け入れている公立病院の産科患者を受け入れたため、通常の倍近い出産ラッシュが続いていた。その中で産科医師に次ぐ立場である助産師が取り上げる赤ちゃんも多かった。産科から感染症病棟に出入りする際は徹底した感染予防策を取らなければならないため、栗田は一日に四、五回、防護服の着脱を行っていた。

高橋かおるの状況を確認した廣瀬は自室に戻ると、プライベートのスマホから警視庁公安部の秋本に電話を入れた。

「六本木のビルの出入りの解析は進んでいますか？」

「はい、廣瀬さんから依頼を受けた対象日は、間もなく全ての出入りが解析できると思います。廣瀬さんが言っていた女性の名前は『高橋かおる』ですよね。そして彼女の親父は六本木でも悪名高い大手芸能グループのサミックスエージェンシー傘下に入った、中堅芸能プロダクションの高橋企画の社長で、元民放の有力アナウンサーだった高橋省三《しょうぞう》です」

「ああ、あの高橋省三の娘か……紳士的な雰囲気の人だったよな……」

「一見そう見えたかもしれませんが、高橋省三のバックには岡広《おかひろ》組がいたようですけどね。岡広組の組長の娘の結婚式で司会をやったことで、局を辞めて独立したんですよ。それも北朝鮮系の芸能人専門の中堅芸能プロダクションの高橋企画を作ったんです」

「岡広組も北朝鮮系が増えた時期があったからな……高橋企画そのものはどこにあるの？」

「それが霞が関なんです」

「現在、どれくらいの芸能人を抱えているの？」

「二十人位名前を連ねていますが、実質売れている俳優等はいませんね」

「よくそれでサミックスエージェンシーの傘下に入れたものだな……」

「そこがポイントなんです。高橋企画が中堅芸能プロダクションの地位にある最大のポイントが、中国テレビドラマの配信なんです。そのドラマの吹き替えを高橋企画がやっているそうです」

「中国テレビドラマか……観たことがないな」

「BSでは結構人気があるようで、吹き替え版は少ないようなのですが、韓国の俳優のように整形をしていない、自然な美しさが視聴者を引き付けているそうです」

「そういえば、中国でもウイグル自治区には美人が多いので有名だという話を聞いたことがあるな」

「そうなんですよ。ウイグル族出身のディルラバ・ディルムラットという女優がいるんですが、本当に美しいですよ」

秋本が突然嬉しそうな口調になって言ったので、廣瀬もやや興味を持って答えた。

「へえ、そうなんだ。後で確認してみますよ。習近平はウイグル族の美人狙いというわけではないのだろうけど、ウイグルはもともと中央ユーラシアで活動したテュルク系遊牧民族とその国家のことだからね。テュルクという言葉はトルコの語源だし、イスラム教を漢字圏では回教と表記するのはウイグルのことを『回紇《かいこつ》』と呼んでいた時期に、回紇の民が信じる宗教を意味していたんだから、ウイグルを刺激するのはイスラム圏を刺激することにつながるんだよね」

「新疆《しんきょう》ウイグル自治区の人権問題を理由に、アメリカやEUが制裁措置へ踏み切る中、経済への影響が懸念される日本は慎重な姿勢を崩していませんね。首相は訪米を四月上旬に控え、決断を迫られる時期は遠くないとの指摘もあります」

「それは当然だと思います。バイデン大統領は、前任の暴れん坊将軍とは違って、少しは賢いかと思っていたんだけど、習近平を『民主主義のかけらも持ち合わせていない……』と言っているようじゃ、共産主義の根本を学んでいない気がしたよ」

「そうですよね。かつて強烈なレッドパージを行った国家だけに、現実に共産主義の活動家が国内にいない現実があの言葉になったのでしょう。日本警察では少なくとも巡査の公安講習を受ければ、イロハのイで学ぶ共産主義思想ですからね。その思想に凝《こ》り固まった独裁者としてプーチンと習近平を政治アナリストが同一線上に並べたのは正しい判断でしょう」

「地政学上、日本の立場は極めて微妙だが、国際ロマンス詐欺みたいなプーチンの手口にはまっていた前首相からの明確な路線変更と、習近平の飴と鞭外交への極めて慎重な動きが必要になってくるだろうね。その意味で現在の官房長官には、単なる官邸のメッセンジャーではなく、肥大化しきった内閣官房の効果的運用を行ってもらいたいものだ」

「官房長官の表の仕事だけでなく、裏の仕事もしっかりしてもらいたいですね」

「そういうことだね。物事の表裏を確認することはIS担当の仕事も同様なんだから、巧くやって下さいよ」

「承知いたしました。それよりも廣瀬さん、今回の高橋かおると、中国人の健康保険証の案件に妙なつながりが出てきたんです」

秋本の言葉に一瞬、戸惑った廣瀬が訊ねた。

「えっ、どういうこと？　つながり……というと」

「私がもう少し早く気付いていればよかったのですが、現在、公安部長指定事件になっている案件が、廣瀬さんの病院と知ったのはつい先日だったのです」

「ああ、あの健康保険証不正使用の事件ですね。相当大きく広がってしまったようで、警備局長からも笑い話のように報告が来ましたよ」

「公安部長ではなく、警備局長からというのが廣瀬さんらしいですね。おそらく、衆議院議員の宮城《みやぎ》瑞樹《みずき》関連の案件が現在佳境に入っているからだと思います」

「あいつは中国よりも北朝鮮との関係が強かったはずなんだけど、いつの間に中国に寝返ってしまったのか、僕も知らなかったなあ」

「その、宮城の地元大阪で、関西ならではのアンダーな繋がりに高橋かおるの父親が出てきたのです」

「関西ならでは……ですか……刑事事件の捜査をしようとすると、現在でも様々なところから圧力がかかってくるようですからね」

「そこが奴らの狙いなんですが、これが公安事件となると、彼らも慎重になるようなんです」

「背後関係を明らかにされるのが嫌なんでしょうね。特に似非《えせ》同和や似非右翼の連中にとって、それがあからさまになることは金蔓をなくすことになりますからね……」

そこまで言って、ふと廣瀬が言葉を止めて考えた。

「廣瀬さん、どうかしましたか？」

「いや、似非で思い出したんだけど、宮城瑞樹は昔から主張をコロコロ変える奴だったんだ。日韓関係をやっていたと思えば日朝連盟に入っているし、憲法改正に取り組んでいたかと思うといつの間にか護憲に変わっている。そんな中で、変節の最たるものが統合型リゾート（Integrated Resort：IR）推進法案に反対しておきながら、米カジノ大手のアドバイザーを務める日本企業やIRをめぐる中国企業から献金や裏金を貰っていることなんだよ」

「宮城もそうだったのですか？　それで少しわかってきました。宮城と高橋省三の間にあるのが、北朝鮮系のパチンコ屋と、IR参入を目指す食肉産業なんです」

「よくあるパターンだな。大阪はIRに関しては積極的だからね。野党といえども、大きな利権を無視するわけには行かないだろうし、すでに宮城は実弾をくらっているわけだからね。パチンコはよくわかるが、食肉産業となると、肉本体だけじゃなくて、食肉産業が自ら店舗経営にも参入しているということなのかな？」

「それを動かしているのが大手芸能グループというよりも、企業体となっているサミックスエージェンシーなんです」

「サミックスエージェンシーが飲食店経営？　聞いたことがないな……」

「資本を出しているだけなのですが、サミックスエージェンシーに所属する芸能人を広告塔にしながら、役員に入っている経済人を動かして大阪で拡大しているんです」

「やはり肉が中心なのかな？」

「それもありますが『大阪』を売りにした商品が多いのです」

「たこ焼きにお好み焼き？」

「何と言っても大阪は『食い倒れ』の街ですから」

「その語源もいい加減なもので、『くいだおれ』は本来『杭倒れ』だった……という のが通説になりつつあるようだよ」

古くから大阪は「水の都」として栄えてきた。

江戸時代、大阪は、「江戸の八百八町」「京都の八百八寺」と並んで、「浪華《なにわ》の八百八橋」と呼ばれていたが、実際には江戸の橋の数が約三百五十だったのに対して、大阪は約二百ほどしか架けられていなかった。それでも「八百八橋」と呼ばれたのには、誰が橋を架けたのか……に理由がある。江戸の橋の半分が公儀橋と呼ばれる幕府が架けた橋であったのに対し、大阪の公儀橋は「天神橋《てんじんばし》」「高麗橋《こうらいばし》」などのわずかに十二橋で、その他の橋は、全て町人が生活や商売のために自腹で架けた『町橋』だったからだ。一部の豪商や、町人たちのこの勢いが、「浪華の八百八橋」と呼ばれる所以《ゆえん》といわれている。しかも、橋の建設や修繕にかかる費用が経済的に大きな負担となり、橋を支える「杭」を立てるだけで破産する人もいたことから「杭倒れ」と言われ、それが後に食文化の「食い倒れ」という言葉に変化した……というのが本来のようだ。

「それは知りませんでした……」

「確かに、豊臣秀吉《とよとみひでよし》の時代から、大阪人は食を大切にしてお金を掛けて楽しむ、食道楽の気風があったことは確かで、大阪人は食材の質を見極め、良い食材を余すところなく使い切る『始末の心』を持っていたと言われていたようだけどね。大阪料理は京料理とも違った文化を有しているのは間違いないと思うよ」

「本当に廣瀬さんは何でもご存じなんですね」

「それを考えると現代の大阪の『粉もん』中心の食文化は、過去の栄光に乗っかっただけのような気がしてしまうのは僕だけだろうか……と思うよ。その現在の大阪食文化をIRに参入させるというのはいかがなものかと思ってしまうよ」

「厳しいご指摘ですね。確かに万博等の一時的な催しではなく、IRが続く限り、得続けるであろう、強大な利権になるわけですからね……」

「それで、サミックスエージェンシーとしては、『その先』を考えていると思うんだけど、IR進出をきっかけに本当の狙いはどこにあるの？」

「IRの候補地は大阪だけではありません。横浜もその一つです」

「横浜は場所が問題だよね。はっきり言って現在の湾岸地区では保安上の無理がある。大阪のようにある程度隔離された場所が必要となってくると思うんだ。また、日本でカジノが合法的になると、隣国韓国経済にも大打撃を与えることになるだろうからね」

「それは理解しています。反社会的勢力の排除の問題もありますからね」

「血で血を洗う戦争が起こるかもしれない。その時に最前線に立つ連中がどうなるか……だな。案外、ヤクザもんではなくて、半グレクラスになっているのかもしれないね」

「半グレが反社会的勢力に成り代わっている……というのですか？」

「それくらい勢力を広げている……ということだろうね。彼らは既に中国、ロシアのマフィアともつながっている……という噂話を聞いたことがあるよ」

「廣瀬さんの情報網というのは、どこまで広くて深いのですか？」

秋本が呆れたような声で言うと、廣瀬は笑って答えた。

「半グレという言葉を使ってしまったけど、僕自身がその実態をよく知っているわけじゃないんです。ただ、病院という誰とでも接する職業柄、患者さんの中にも情報通と言われている人がいてね。かつての反社会的勢力がやっていた、オレオレ詐欺のような特殊詐欺や保険金詐欺、そして今回のような健康保険証不正使用のような場面にも、最近は半グレが入っている……ということだった」

「まさにそのとおりです。半グレというのは反社会的勢力のようなヒエラルキー構造が頑強ではない分、先輩後輩という、子どもの頃からの関係で成り立っています。ですから、半グレを視察している、主に生活安全部の担当者でさえ、半グレ同士の個人的な横のつながりを相関図にするのがむずかしい……と嘆いていました」

廣瀬は秋本の話を聞いて納得していた。廣瀬が訊ねた。

「ところでサミックスエージェンシーなんだけど、彼らの周辺の半グレというと、やはり東京連合の連中が多いですか？」

「そうですね。今回出入りを解析しているビルには、幹部クラスが多いですね。緊急事態宣言発令中にもかかわらず、政財官、芸能関係者も多いです」

「政治家もいましたか？」

「Youは何しに夜の六本木へ？　という感じですね」

秋本がテレビのバラエティー番組を捩《もじ》って言ったため廣瀬が笑って訊ねた。

「官もいるのですか？」

「いますね。マスコミに教えてやりたいくらいですよ。今、お家騒動で話題になっている総合映像会社の面々が、危ない芸能人や国会議員と一緒に霞が関の幹部と訪れていますよ」

「危ない芸能人……ですか……」

「素行が悪かった元総理夫人なんかとつるんでいた、元アイドルで、東京連合の連中とも深い付き合いで有名な奴です。そこに、枕営業なのか女性アイドルグループのメンバーが数人含まれていました」

枕営業とは、業務上の利害関係にある人間同士が性的な関係を築き、商行為等を有利に進めたり利益を得ようとする営業方法のことである。

「枕営業という言葉は、かつての隠語からすっかり、普通に通用する言葉になってしまったからな……その女性アイドルグループは有名なグループなの？」

「グループは有名ですが、全員が売れているわけではありませんからね。なんとか目立ちたい連中ですよ」

「若いのに、そんなことまでやらなきゃならないのかな……」

「一度、芸能人としてチヤホヤされてしまうと、癖になってしまうのでしょうね。話は逸れてしまいますが、女性グループといえば去年の紅白歌合戦に四十人以上の女性アイドルグループが二組でていたんですけど、彼女たちが食べる弁当代は受信料で支払われているのか……と思うと、NHKに対して、複雑な気持ちになりましたね」

「僕は、紅白は見ない主義だから、わからなかったけど、裏番組を作る民放の質が落ちてしまったからね」

「そうなんですよね。あ、話を戻しましょう。おそらく、さして大物ではない女性芸能人の枕営業を担当しているのが半グレの中でも東京連合の連中なんです」

「それは昔からだよ。かつて捜査一課が着手していた『ミニエンジェル事件』という、政財官を巻き込んだ児童買春事件、当時はまだ『児童買春』という言葉ができる前のことだったけどね。その時、その売春組織を仕切っていたのが東京連合の杉並《すぎなみ》チームで、そのころからサミックスエージェンシーと半グレの繋がりはあったんだからね。ただし、その頃、サミックスエージェンシーと最も深く繋がっていたのは、六本木を仕切っていた反社会的勢力の米山会《よねやま》だったんだけど、米山会も次第に岡広組の関東進出に押されるようになった。かつて米山会は関東と関西の勢力争いのご意見番の立場にあったのが、すでに対等の関係ではなくなってしまった……と聞いているよ」

「なるほど……そういう背景があったのですか……」

秋本が電話の向こうでパソコンのキーボード操作をしているのが廣瀬には聞こえていた。

「サミックスエージェンシーは一時期、岡広組に関西地区の興行を任せていた時もあったようですが、最近は、そちらも半グレの台頭がめざましいようです」

「そうだったんだ……サミックスエージェンシーは再び、反社会的勢力から半グレに乗り換えた……ということか……」

「東京連合のケツ持ちの中には岡広組系の団体も入っていますから、なんとも言えませんが……。それから、高橋かおるの相手は、元ジャッキーズのメンバーで、覚醒剤取締法違反の逮捕歴もある鈴木浩一《すずきこういち》と思われます」

「シャブの前科持ちのあいつか……奴じゃ高橋省三でも認めないだろう」

「そう思います。鈴木は、東京連合幹部の生田幸次《いくたこうじ》の女で、こいつもまたシャブの歴があるモデルの永井《ながい》エイミとも付き合っているようですからね。しかも、この連中は元総理夫人との繋がりもあるんです」

「例のワーストレディーか……底なし沼に足を突っ込んだような感じだな……」

廣瀬の言葉に同調するように「そうですね……」と言いながら、秋本が思わぬことを言い出した。

「実は、まだお伝えしていいのか迷っている段階の情報なのですが、中国人グループによる裏金稼ぎの、健康保険証不正使用の邪魔をされたことで、この病院が狙われている……という話があるのです」

廣瀬は一瞬自分の耳を疑った。

「えっ、どういうこと？」

「奴らは東京だけでなく、全国規模で健康保険証不正使用を組織的に行っていたようです。しかも、相手は中国人だけでなく、フィリピン人も多く、フィリピン人の場合には必ず、借りがある立場の者の親族から、臓器提供を受けていた……ということなのです」

「それはチャイニーズマフィアだけの手口じゃないとおもいますけどね。確かにフィリピン国内での臓器提供や臓器移植も多く行われていることは聞いているけど、フィリピンの場合には、ほとんどが軍の病院が関わっているはずですよ」

「さすがによくご存じですね。その点、中国では軍ではなく、中国共産党幹部が直接関わっています」

「中国の場合、臓器移植の際の臓器提供者は服役中の受刑者と相場が決まっているんだけど……」

「はい、ただ、最近需要に供給が追い付かないほど、臓器不足が深刻なようです」

廣瀬はかつて、福岡別院の医師から、ガン治療にきている中国人が「臓器は自前で手配、入手できるから、移植手術だけやってもらうことはできないか」という相談を頻繁に受ける旨の話を聞いていた。

「あれだけの人口がいても、健康な臓器を持つ者が少ない……ということでしょう？」

「健康な臓器……確かに水と土の多くが汚染されている国だからね……しかも、近年では大気汚染によって、呼吸器と循環器にも重大な病気を抱えている人が多いらしいね」

「大気汚染は酷いですね。その汚染物質が日本にも届いているのですから……」

「数年前に福岡に行った時に、『ＰＭと黄砂に揺れる春霞』という川柳を聞いたことがあったけど、笑って済まされるものではないと感じたものだったよ」

「福岡は大陸に近いですからね……それでも日本国内で最もＰＭ２・５の被害を受けているのは大阪らしいですよ。北部九州から瀬戸内海を経て大阪に辿り着き、生駒《いこま》山系で止まるそうです」

「なるほど……西日本はほとんど中国の大気汚染被害に遭っているということか……」

「人の迷惑考えず……ですよね」

「それ以上に自国民も苦しんでいることを習近平自身も見て見ぬふりをしているようだね。中華人民共和国という国家の為政者にとって、人口はあと数億人減った方がいいというのが実情だろうと思うよ。特に労働力にならない農村地区の老人にとって、老後の生活はまさに生き地獄となっているはずだからね」

「それから見ると日本の高齢者はまだ恵まれているのでしょうか？」

「それは何ともいえないな……年金だけで生きていくことができる人は極めて限られているからね」

「そうですね……孤独死問題もなかなかなくなりませんしね」

「それで、この病院を狙っているという中国人グループの裏人脈と、うちの病院との関連はどこにあると考えているの？」

廣瀬は妙な胸騒ぎを感じていた。

「関連と言えるのかどうか私にははっきりしませんが、中国人グループが貴院をターゲットにする際に、容易に院内に入り込むことができる何かしらのルートがあるのではないかと思うのです」

「なるほど……そうなると、何らかの対策を取っておく必要があるな」

「できる限りの対策を練っていたほうがいいかもしれませんが、病院としてなにができるのか……は私にはわかりません」

秋本の心配を廣瀬はありがたく思った。

「うちの病院は、一般の病院とやや違って、救急外来以外の飛び込みの初診はできないんだ……そうか……救急外来か……。秋本っちゃんの意見を参考に対策を取ってみるよ」

「私は何も意見を言っていませんが……」

秋本が怪訝な声を出して言うと、廣瀬が笑って答えた。

「病院としてなにができるかわからない……そこが素晴らしいヒントだったんだよ。うちの病院ができる手立てをいくつか組み合わせて対応をしてみるよ」

秋本との電話を切ると、廣瀬は緊急外来の診療データを確認して医局に電話を入れた。

「この数日の緊急外来の受付状況がやや増えているようですが、市の消防局からの連絡状況と受け入れ体制はどうですか？」

「この二週間、交通事故が増えています。春の交通安全運動が始まれば少しは収まってくると思います」

「交通事故ですか……患者のデータ分析はどうですか？」

「重傷者は少ないですが、多くが軽度の骨折です。患者の九割が男性で四十代、五十代がほとんどです」

「こういう傾向は普通のことですか？」

「いえ、子どもと女性が明らかに少ないですね」

「分析結果を医事課のデータ管理にアップしていただけますか？」

「何かあるのですか？」

「まだわかりません。少し気になる点もあるものですから、これからこの一週間の新患受付状況を確認してみます」

電話を切ると廣瀬はこの二週間に交通事故で運ばれた案件の発生地や、患者の個人データを確認して、外来院内交番担当の牛島隆二《うしじまりゅうじ》をデスクに呼んだ。

「何かありましたか？」

白衣を着た牛島が廣瀬の部屋に入るなり訊ねた。

「このデータを見てくれる？」

廣瀬は内容について何も言わずに、事故発生地と個人データを組み合わせた表を見せた。

「この事故発生地というのは交通事故ですか？」

「そうです」

「男ばかりで、子どもが少ないですね……。それに臨海地区でこんなに多発するとは……妙ですね」

「やはりそう思いますか……申し訳ないのですが、この交通事故の第一当事者に関して、県警に問い合わせていただけますか？　患者に関してはこちらで調べます」

交通事故捜査を行うに際して、事故の当事者を第一当事者から順に第二、第三……と指定する。この場合、原則的に事故の過失割合が高い順に並べる場合が多いため、事故の原因を作った者が第一当事者となる場合が多い。

「承知しました」

「ここの電話を使ってください。医事課の電話を使うと周りが気にするでしょうから」

牛島が県警の幹部に電話を入れ、交通事故データをパソコンで送った。廣瀬は患者十五人分の個人情報データを警視庁総務部情報管理課のビッグデータ分析担当に送った。

警視庁からはすぐに回答が届いた。

「全員がマル暴系の金融機関からの借金持ちで、五人がマル暴ですが、これは何のデータなのですか？」

「そうでしたか……実はこの十五人はこの二週間で交通事故当事者としてうちの病院

に救急搬送された者なんです」

「えっ。組対三課に速報した方がよさそうな案件ですね」

廣瀬は直ちに警視庁組織犯罪対策部組織犯罪対策第三課暴対企画担当管理官席に電話を入れた。

「長江《ながえ》管理官、以前、公安部におりました廣瀬です」

「ああ、廣瀬係長。ご無沙汰しています。今は何をしていらっしゃるのですか？」

「今は個人病院の危機管理担当をしています」

「個人病院……ですか……」

管理官の長江警視は廣瀬が所轄の警部補時代の卒業配置の新任巡査だった。長江にとって廣瀬が憧れの存在だったことを、当時の地域課長が廣瀬に伝えていた。そのせいか、廣瀬が個人病院の危機管理担当をしていることに失望したような声を出している様子だった。廣瀬は気にせずに言った。

「実はうちの病院の緊急外来に交通事故の当事者として二週間で十五人が運ばれたんだ」

「えっ、二週間で十五人が運ばれる病院ですか？」

「交通事故だけなんだけど、そのデータを情報管理課で確認してもらったら面白い結果が出たんだ」

「マル暴関連ですか？」

廣瀬が経緯を話すと長江が飛びついた。

「うちにやらせてください。本来ならば組対四課の暴力犯特別捜査第一係の案件なのでしょうが、うちの特殊暴力犯捜査第一係の方が幅が広がると思います。それよりも、廣瀬係長はどこの病院にいらっしゃるのですか？」

「その係長はやめてくれよ。病院は医療法人社団敬徳会川崎殿町病院という病院だ」

「医療法人社団敬徳会というと赤坂にある大病院じゃないですか」

「その系列病院だよ」

「そちらの病院には警察庁の幹部も入院されていましたよね」

「よく知ってるな。警察庁刑事局組織犯罪対策部長の伊達《だて》さんだろう」

「そうです。やっぱり廣瀬係長は凄いところにいらっしゃるのですね。よかったです」

長江が廣瀬を「係長」と呼ぶのは警視庁警察官として初めて赴任した警察署の担当係長が廣瀬だったためで、当時の廣瀬は二十六歳のバリバリの若手警部補だった。しかも、長江が着任した翌年には廣瀬は内閣官房内閣情報調査室という、長江にとっては未知の領域に転出したのだった。

「すぐに事件担当係長を連れてご挨拶に伺います」

「無理をしなくてもいいよ。事故調査の関係は神奈川県警に依頼したばかりだから」

「神奈川県警交通部にも連絡をとります。神奈川県警管内でも、医療法人社団敬徳会の本部が警視庁管内ですから問題はありません。ちなみにそのマル暴のセクトはどこでしょうか？」

「六本木の米山会だ」

「それならさらに問題はありません」

「それなら神奈川県警にはこちらから警務部長の藤岡智彦《ふじおかともひこ》警視長に連絡を取っておくよ」

「警務部長……県警ナンバーツーですね。やっぱり廣瀬係長はさすがですね。なんだか久しぶりに嬉しくなってきました」

長江管理官が川崎殿町病院に来たのは電話を切って一時間後だった。

医事課長の竹林が長江以下四人の捜査官を第一応接室に案内し、そこに廣瀬が白衣を着たまま入った。

「長江管理官、久しぶりだね」

「廣瀬係長、白衣姿も格好いいです」

長江が名刺を廣瀬に差し出した。

「なんだ、ピーポくんが付いてないじゃないか」

「なにしろマル暴相手ですので公用名刺と職務上のこの名刺があるのです」

「なるほど……」

廣瀬も名刺を差し出した。廣瀬は名刺を一種類しか持っていなかった。

「医療法人社団敬徳会常任理事……ですか……凄すぎです。敬徳会だけで、どれくらいの職員がいらっしゃるのですか？」

「病院が四つあるので、全部合わせると八千人位かな」

「八千人……ですか……関東管区管内でも五指に入りますよ。それよりも、先ほど電話を切った後にハッとしたのですが、警視庁の組織人事一覧表をお持ちなんですね」

「古巣とはいまだに縁が切れないので、企画課が送ってくれるんだよ」

「お辞めになって、何年になられますか？」

「ちょうど五年になるな」

「同期の出世頭だとどの辺にいらっしゃるんですか？」

「うちらは同期が多いからね。今のところトップは鑑識課長の後藤《ごとう》かな」

「後藤さんも同期なんですか？　次の捜査一課長ですよ」

「でも警察庁長官官房総務課に出向している金子《かねこ》が来年戻ってきたら、人事第二課長だろうから、この二人がワンツーだね」

「同期、怖いですね。それよりも辞めて五年経っても、関係が続いているのが凄いです」

「まあ、そんなことはいいじゃない。それよりも、データは先ほど送ったとおりなんだけど」

廣瀬が言うと長江が同行した捜査官のトップである特殊暴力犯捜査第一係長の久我《くが》直良《なおよし》警部に書類を出させた。

「いただいたデータをさらに分析した結果、このような相関図ができました。五十代は多重債務者、四十代は不動産詐欺の関係者、五人のマル暴はどれも地上げ担当で、何かしらの失敗をやらかした連中でした。ただ素行が悪いので要注意です」

「なるほど……いいタマを送り込まれていたのか……ちょっと失礼」

廣瀬は卓上の電話フックを押した。間もなくコールバックが入った。

「前澤です」

「前澤さん。ちょっとお聞きしますが、外科病棟で何か起こっていませんか？」

廣瀬が前澤真美子に訊ねると、驚いたように答えた。

「実は、今、その患者さんのところに来ているのです。昼食に虫が入っていたと騒いでいるんです」

「患者の名前は？」

「三日前に交通事故で搬送された高松徹也《たかまつてつや》という人です」

「なるほど……。すぐに行きますから、適当にあやしておいて下さい」

オンフックで会話を聞いていた捜査員が今にも噴き出しそうな顔つきになっていた。

「ちょっと行ってみましょうか」

廣瀬が言うと、捜査員の一人が言った。

「私も一緒して、そのまま退院させましょう。奴も私の顔を見れば何も言えなくなるはずですから」

長江管理官も笑って言った。

「ここに連れてきて気合を入れてやるか……任意同行して、そのまま警病で留置しましょう」

「罪名は？」

「食事に入っていた虫を鑑定してみればすぐにわかりますよ。とっくに死んでいた、乾燥した虫だと思いますよ。程度の低い連中がよくやる手口です。岩瀬《いわせ》主任、ここで野郎にゲロさせて準現行犯人として逮捕してもいいな」

「それもできると思います。大した頭の野郎ではありませんから。米山会は下っ端の質の劣化が激しいんです」

廣瀬はすぐに席を立って岩瀬主任ともう一人の捜査官を伴って外科病棟に赴いた。

病室は個室だった。

「ほう……個室ですか」

「当院は九〇パーセントが個室なんです。ですから、全ての病室に緊急時用の監視カメラを設置しています。もちろん入院患者には緊急時対策を兼ねていることを事前に伝えて了承を得ています」

「そうすると、虫を入れている映像もあるかもしれませんね」

「すでに、映像解析を始めていると思います」

「えっ、どうしてですか？」

「先ほどの第一応接室にも監視カメラとモニターがありまして、病棟危機管理担当からの連絡をオンフックで聞いている段階で、医事課からサインが送られてきていたのです」

「それは凄いですね。警察の取調室にも導入してもいいかもしれませんね」

「違法収集証拠にはならないと思いますよ」

そういうと、三人が病室の扉をノックした。中には三人の職員がベッド脇に立っており、ベッドに高松徹也が座っていた。

「高松、何を偉そうに騒いでいるんだ」

声がした方向を高松が憮然とした顔つきで見た。そして岩瀬主任の顔を認めると急に顔色が変わった。

「高松、何とか言えよ。わざわざ見舞いに来てやったんだ」

「岩瀬……なんで……」

「お前に呼び捨てされるようじゃ俺も終わりだな」

「いや、そうじゃなくて……」

高松徹也が慌てていた。これを見たベッド脇にいた前澤真美子を含む三人の職員が廣瀬たちの後ろに隠れた。

「飯に虫が入っていたそうじゃないか。どれ、見せてみろ」

高松がオドオドした態度で、食器を指さした。それを見た岩瀬警部補が言った。

「ほう。この病院はプラスチックの容器ではなくて、本物の陶磁器を病院食に使っているのですね。こんな野郎にはもったいないですよ」

言い終わらないうちに岩瀬警部補が示された器を見ると、干からびたゴキブリの子どものような虫が、器の端に寄せられていた。

「ほう。これが食事に入っていたんだな？　高松、間違いないな」

「あ、ああ。蓋を開けたら入っていたんだ」

「おかずの上に載っていたのか？」

「上の桃色の豆腐のようなものをどけたらいたんだ」

「これは生麩という高級食材なんだよ。本当にてめえのような野郎にはもったいない食事だ」

笑いながら言うと、廣瀬の顔を見て訊ねた。

「廣瀬さん。映像は撮れていますか？」

廣瀬はすでに院内専用のスマホに送られていた動画を確認していた。

「こんな感じですね」

廣瀬がスマホの動画を見せると、そこには高松が引き出しの財布に入れていたビニール袋から箸で虫のようなものをつまんで器の中に入れている場面が鮮明に映し出されていた。

「こりゃいいや。おい、高松。お前を脅迫の現行犯人として、逮捕してやる。話はゆっくり聞いてやろうじゃないか。ついでに、引き出しの中にある財布と、虫を入れていたビニール袋も証拠として預かるからな」

高松徹也は唖然とした顔つきで岩瀬警部補を眺めていた。

「高松、ボーっと生きてんじゃねえよ」

岩瀬警部補の口調に、後ろに隠れていた三人の職員が笑い出した。

高松は未だに何が何だかわからない様子だった。

岩瀬警部補が振り向いて同行した捜査員に頷いて促すと、捜査員はすかさず手錠を取り出して高松の右手にガシャリと掛けながら、

「ただ今の時間、午前十一時四十五分」

と、言った。

これを聞いていた前澤真美子が廣瀬に訊ねた。

「これはどういうことなのですか？」

「この高松の他にあと四人、こいつらのお仲間が当院に患者としてもぐり込んでいるんですよ」

「えっ、もしかして……」

「おや、まだ、お気づきの連中がいましたか？」

「みなさん、交通事故の方ですか？」

それを聞いた岩瀬警部補が言った。

「なんちゃって野郎ばかりです。早々に警視庁が全員お引き取り致しますので、もう少し泳がせてやって下さい」

「警視庁の方だったのですか？」

前澤が廣瀬を見ると、廣瀬が穏やかに頷いた。

高松は片手錠を掛けられて、もう一方を松葉杖に付けられたため、どうすることもできない状態で院内着姿のまま、エレベーターに乗せられて第一応接室に連行された。

第一応接室に戻ると牛島が神奈川県警からの報告をデータで受け取って待っていた。

「半数がひき逃げと、当て逃げ事故でした。判明した加害者としての第一当事者の身元はこれです。それにしても、警視庁さんの動きは速いですね」

すでに長江管理官と話をしていたようで、牛島も笑顔で言った。

「こんな連中のこのような行為に本部が直接関わることは普段はないのですが、廣瀬係長からの連絡ということもあり、さらに裏に大きな闇がありそうなので出向いて参ったところです」

廣瀬が牛島に訊ねた。

「ひき逃げ、当て逃げが連続して交通捜査も大変なのではなかったのですか？」

「『被害者』とされていた連中は、殿町の隣の浮島《うきしま》地区で新たな干拓を行うための労務者のあぶれ組と目されておりました。ですから、人定は取ったものの、警視庁のように集まるマル暴との関係までは調査していなかったのです。また、マル被は最近この辺りに集まる『ローリング族』と呼ばれる連中を含めた捜査を行っていました」

ローリング族とは、四輪車では、主にドリフト走行や、二輪と同じく、どれだけ都市高速や信号が少ない一般道路を速く走れるかを競う集団である。道路設備や歩行者に被害を与える交通事故が増加し大きな社会問題となっている。

「ローリング族ですか……それにしては軽微な事故ですよね」

「奴らは族とは呼ばれていますが、単なる烏合《うごう》の衆で、死亡事故を起こしてしまっては、仲間からチクられる可能性が高いのです。さらに、奴らは運転テクニックを競い合う連中ですから、衝突ギリギリのところでドリフトを掛けたり、スピンをしてターゲットをかわすのです」

「なるほど……歩行者もターゲットにして遊んでいるのですか……」

「被害者の多くが組織の中で不始末をしでかした下っ端連中で、仕事にあぶれて早朝から酒を飲んでいますし、奴らにとっては恰好の獲物なのです」

牛島が悔しそうな顔つきで答えた。廣瀬は頷きながら言った。

「事情はわかりました。交通捜査係のご苦労はよく知っています。死亡事故がなかっただけでも不幸中の幸いと思うしかないでしょう」

牛島がコクリと頭を下げた。廣瀬は牛島の肩をポンと叩いて長江管理官の方を向いて言った。

「最初のホシが現行犯逮捕できてよかったです。後はよろしくお願いしますよ」

廣瀬の言葉に長江管理官が恐縮したように答えた。

「とんでもございません。うちとて、廣瀬係長の分析のおかげです。後は全力集中で全容解明致します」

長江管理官は廣瀬たちが外科病棟に行っている間に護送要員の要請を行っており、岩瀬警部補が手持ちの捜査管理システムのパソコンで現行犯人逮捕手続書と弁解録取書を作成して、高松の署名指印を採った段階で応援車両が到着した。

「それでは今後、順次ガラ取りを行いますが、残りのマル暴四人の逃走防止を兼ねて八人を行確要員として残します。一晩だけどこか空いている部屋があればありがたいのですが」

長江管理官の申し入れに廣瀬が答えた。

「四人二交代でしたら、特別室を二つ用意します。お二人は付き添い用のベッドになりますが、シャワー室もありますので、ご自由にお使いください。なお、院内を動かれる際は白衣の着用をお願いいたします」

「病室をお借りしてもよろしいのですか？」

「一番目立たないかと思います。一泊だけのことですので、ナースステーションには事実を隠しておきます。日頃からＶＩＰの短期滞在も多いものですから」

「奴らも横の連絡があると思いますので、明日、朝一番に四人はガラを取る予定です。分散留置の体制も強化しなければなりませんので、移送用捜査車両の駐車場所をお借りしたいのですが……」

「それならば、VIP用の車寄せ横に大型車五台分は停めることのできるスペースがありますので、そこを使ってください」

「何から何までありがとうございます。この野郎をこれからビッシリ叩いて、残りの十四人も何とか早めに回収いたしたいと思いますので、よろしくお願いします」

捜査員と逮捕された容疑者を見送ると、廣瀬の後ろにいた前澤真美子が声を出して笑いながら言った。

「あの長江さんって警視ですよね。あんなに面白い人が暴力団対策の管理官なんて、県警では考えられません」

「あれで、警察学校の成績、巡査部長、警部の昇任試験、全て一番なんです」

「そんな凄い人なんですか？」

「警察庁への出向を断って、現場にいるくらいです。現場にとっては実にありがたい存在なんですよ」

「チームワークもよさそうですね」

前澤が感心したような顔つきで言った。

「今じゃ、なかなか取り調べをできる環境ではありませんが、警部時代はマル暴担当として幹部クラスをガンガン落としていた男なんです」

「ぜんぜんそんな風に見えないですね」

「たまに、ああいう男がいるから楽しいんですよ。それに、ちょっといい男でしょう？」

「そうですね……独身女性でなくても惹かれてしまうでしょうね」

「おやおや、ご自分のことですか？」

「えっ、違いますよ」

前澤が廣瀬の背中をパンと叩いた。これを見た牛島がびっくりした顔つきで言った。

「前澤さんでも、そんな態度を取るのですね」

「ええっ。失礼しました」

前澤は我に返ったように、今度は赤面して廣瀬と牛島に頭を下げた。

翌朝、午前八時に警視庁から長江管理官以下、捜査員十五人が病院のＶＩＰ用車寄せ脇の駐車場に到着した。

予め、廣瀬から四人の病室の場所の連絡を受けて、業務用のエレベーターも確保されていたため、実にスムーズな逮捕劇だった。

最後に車に乗せられた容疑者の高木《たかぎ》が廣瀬に向かって吐き捨てるように言った。

「こんな病院、いつでも叩き壊してやるからな。覚えていやがれ」

これを聞いた長江管理官が手にしていた黒い紙製の決裁挟で思いきり高木の頭を叩いた。

「パーン」

という軽い音が周辺に響いた。これを病棟から眺めていた前澤がその場で声を出して笑い始めると、周囲にいた看護師が訊ねた。

「今の音は拳銃の音ですか?」

「いいえ、全集中した音です」

「はあ?」

怪訝な顔をした看護師の顔を見て、再び前澤が笑った。

第七章　ローリング族

「廣瀬先生、この一週間、夜中の二時過ぎになると必ず病院の横の道で大爆音を鳴らす車と、ローリング族と言われている連中が集合しているのです。大爆音を鳴らす車二台は午前四時頃にも数分間やってくるのです」

竹林医事課長の報告を受けて廣瀬が首を捻りながら答えた。

「この周辺は信号が少ないし、夜間は交通量が少ないからなのでしょうが、気になりますね。警察には通報しているのですか？」

「毎日、一一〇番通報をしているのですが、パトカーが来た時にはすでに立ち去った後なのです」

「しかし、毎日のこととなると何らかの対策を立ててくれてもいいんだけどな」

「パトカーの見回りも増えているのですが、彼らはその動きをあざ笑うかのように逃げてしまうのです」

「しかし、どこからともなく集まってくるわけではないでしょうし、必ず、どこかに帰るわけですから、防犯カメラ等を確認すれば集会の前後の動きもわかるはずなんだが……」

廣瀬の言葉に、竹林が首を傾げて訊ねた。

「車で集まる行為も集会……というのですか？」

「そうですね。暴走族が集まるだけでなく、集団走行をすることも、警察では『集会』と呼んでいるんです」

「なるほど……それを考えると、県警はまだ、そこまで本気になって捜査をしてくれていないのかもしれません。ただ、道路に面している病棟の患者さんの中には、眠れない等の苦情も出はじめています。なんとかならないものでしょうか？」

「わかりました。県警に確認してもらいましょう」

廣瀬は卓上の電話の短縮ダイヤルを押した。

「藤岡警務部長、先日はお世話になりました」

「それよりもまず廣瀬さん。新型コロナウイルス感染症対策では県内の患者を多く受け入れていただき、感謝しております」

「それは本来業務ですので、できる限りのことはさせて頂いています。実は、またご相談があって連絡させていただきました」

「どうぞ、警察がお役に立てることならばできる限りのことを致しますが……」

廣瀬は十五人の交通事故による入院者の件の結果報告と、新たなローリング族の話を伝えた。

「なるほど……詳細を調べてみましょう」

「マル暴の件は神奈川県警ではなく警視庁に依頼してしまいましたので、申し訳なかったのですが……」

「ホシの居住地や本拠地が東京ですので、その件は正解だったと思います。少しお時間を下さい」

廣瀬は電話を切ると川崎殿町病院の全体図と設計図を再確認していた。

当初の設計段階から病院完成後に手を加えたところは地上のヘリポートと感染症対策のための発熱外来の入り口だけだった。

頭の中に入っていた図面に狂いはなかったことを確認すると、廣瀬は本館の二十四階に当たる屋上に向かった。部屋があるのは二十二階までだったが、二十三階部分には屋上ヘリポートの土台であるアルミデッキが組まれ、エレベーターの巻上機、制御装置、地震時管制機能、制御装置がある部屋や、エアコンダクトの排出口装置、ヘリポート用圧力式エレベーター室があった。

屋上ヘリポートも一般的な鉄筋コンクリート製ではなく、アルミデッキを使用していた。ヘリポートの着陸帯の床面積は一五・七メートル四方だった。この広さは将来的に病院の周辺に大きなビルが建った時でも、飛行ルートを確保するためだった。

ヘリポートを確認すると、廣瀬は二十三階部分の端に設置されている窓ふき用ゴンドラのレールに沿って取り付けられている安全手すりに安全ベルトのカラビナを取り付けてゆっくりと下方を確認しながら歩き始めた。

上から病院の全景や病院周辺の道路をじっくり見るのは初めてのことだった。今回、ローリング族が走った首都高速道路神奈川六号川崎線下の通称浮島通《うきしまどお》り、殿町夜《や》光《こう》線を確認していた。

三十分近くじっくり確認した廣瀬はデスクに戻ると卓上の電話からオンフックで電話を入れた。

「突然の電話で申し訳ありません。松原《まつばら》社長、ご無沙汰しております。以前、警視庁公安部時代にお世話になりました廣瀬でございます」

「ああ、廣瀬さん。どうされているのか心配しておりました。今は何をなさっていらっしゃるのですか？」

「現在、医療法人で危機管理担当の理事をしております」

「医療法人？　失礼ですが、差し支えなければ、どちらの医療法人でしょうか？」

「医療法人社団敬徳会というところです」

「えっ、あの住吉幸之助さんがトップをされている、赤坂の病院ですか？」

「はい、ただ僕はもっぱら、川崎にあります川崎殿町病院という所で動いています」

「殿町病院は超有名な病院じゃないですか……そうでしたか、やはりヘッドハンティングされていたのですね」

「警察を辞めた後で、お呼びが掛かったんですよ」

廣瀬が電話を架けた相手は、廣瀬が公安部時代に秘匿捜査を行うために音声も録ることができる超小型カメラを開発していた若手集団のトップで、現在は技術者兼経営者として中堅企業にまで組織拡大していた。

「そうでしたか……今日は何かお仕事のお手伝いの関係でしょうか？」

「はい、実は御社の監視カメラを使うことができるかと思いまして相談の電話なのです」

「私のところに電話をしたとなると、最新の秘匿型をご所望なのですね」

「そのとおりです、一つは二十三階くらいから望遠で、他に病院の通りに面した外堀に二つほど、専《もっぱ》ら夜間に撮りたいのです」

「なるほど……Wi-Fi経由で録画のワイヤレス防犯カメラで、ソーラーパネル搭載で、太陽光による充電が可能なものがありますよ。もちろん広角レンズでの撮影、赤外線撮影なども基本設計に入っています」

「早い機会に、一度、現場を見ていただきたいのですが」

「いいですよ。今日の午後にでも伺いましょうか。うちも開発室と倉庫が蒲田にありますので近くですから」

「でも、松原さんは六本木の本社にいらっしゃるのではないのですか?」

「私は技術者ですよ。デスクに座ったままの仕事はできませんよ」

松原社長が笑って答えた。松原玲人《れいと》はスタンフォード大学で電子工学を学んだ後、シリコンバレーで起業し、その後、日本に移転していた。通称スタンフォード大学の正式名称は「リーランド・スタンフォード・ジュニア大学（Leland Stanford Junior University)」で、その校訓は「Die Luft der Freiheit weht（独：自由の風が吹く）」で、まさにそのとおりの人材が育っている。大学は、地理的にも、歴史的にも、アップル、グーグル、フェイスブック、アドビなどIT企業の一大拠点であるシリコンバレーの中心に位置している。さらにスタンフォード大学は特に起業家精神に優れた大学として知られていて、スタートアップ企業への資金提供において世界で最も成功している大学の一つとされている。廣瀬と松原の出会いは廣瀬の古い知人からの紹介だった。彼は起業に関する支援を行う事業者を意味するインキュベーター（incubator）の日本国内では先駆的存在で、大手ベンチャーキャピタルの創始者兼会長でもあった。

「面白い男がいるんだ。日本国内では大手の隙間に入りこむことができれば、必ず大成する」

「どういうことをやっていらっしゃるのですか？」

「廣瀬ちゃんの仕事ともかかわることができると思っているんだ。超小型カメラで撮影した画像をリアルタイムでパソコンで見ることができるんだよ」

当時まだスマホが普及する前のことで、携帯電話の電波を使って画像を送るシステムだった。

「ほう。面白いですね。実物を見てみたいものです」

そんな経緯で紹介されたのが、当時二十七歳の松原玲人だった。廣瀬よりも七歳若い、この精悍《せいかん》な青年が上着のポケットから取り出したのが、小銭入れに入れられていたカメラだった。ちょうど二センチメートル四方で厚さが一センチメートルの黒いプラスチック箱に、五十円玉サイズの円形のレンズがはめ込まれたようになっていた。

「これがカメラですか？」

廣瀬が驚いた顔つきで訊ねると、松原が笑いながら答えた。

「まだ大量生産をする段階ではありませんが、来年あたりにタブレットパーソナルコンピュータ（tablet PC）の電話版となる、スマートフォンというものが売り出されると思います」

「タブレットＰＣ……ですか？」

「タッチインターフェースに対応したマイクロソフト社の Microsoft Windows XP Tablet PC Edition 及びその後継ＯＳがインストールされたタブレットの一種です」

「ああ、そういえば、捜査一課の特殊班が持っていました。指やペンなどをポインティングデバイスとして、ディスプレイに触れることで操作できるあれですね」

「そうです。あれの小型版が出るはずなんです」

「どうしてそれがわかっているのですか？」

「タッチインターフェースを開発したのは私たちのチームで、私もその特許権の一部を持っているんです。商業化する際にはあらかじめ許可申請がありますから。情報通信の世界が一気に変わりますよ。当然ながら、スマートフォンは小型のパソコンとほぼ同等の機能を有することになると思います。それに関するアプリも現在開発中なんです」

「アプリ?」

「アプリケーションソフトウェア(application software)の略称です。オペレーティングシステム(operating system)はご存じですか?」

「OSのことですよね」

「そう。それがわかっていらっしゃれば話は簡単です。OSがコンピュータを制御するのに必要なソフトウェアであるのに対して、アプリはOSの上にインストールして目的にあった作業をする応用ソフトウェアのことです。簡単な例がゲームソフトのようなものです」

「そういう時代になるんですね」

「もう、目の前に来ていますよ。何年もしないうちに電車の中で子どもがスマートフォンをいじっているのが普通になりますよ」

その当時はまだ、廣瀬にとって夢物語のようだった松原の話が、十年後には当たり前の光景になっていた。

その日の午後、松原が病院に姿を見せた。部下も誰も連れてこず、一人で車を運転してやってきた。

「廣瀬さんが白衣を着ているんですか？」

松原が笑って言った。

「こういう現場では、白衣の方が普通で目立たないんです。もちろん職員は間違えませんけどね」

十四年ぶりに会った松原は確かにそれなりの風格は出てきていたが、体型や、薄手のジャケットにTシャツにGパン姿という服装はかつてのままだった。

「初対面から、かれこれ十五年になりますね。松原さんは思ったとおり大躍進されましたね」

「いえいえ、あの時警視庁公安部のお仕事をさせて頂いたことが大きな力になったんですよ。当時はまだ防犯カメラという範疇《はんちゅう》でしたが、公安部さんだけは監視カメラとして使っていらっしゃいましたからね。顔認証による犯人逮捕なんてことも、あの当時は世間ではほとんど知られていない技術でしたから」

「でも、それを技術として完成させていたのだから、僕は真っ青になりましたよ」

「ところで今日の目的はなんなのですか？」

廣瀬は松原を屋上に連れて行きながらローリング族の話を詳《つまび》らかにした。

「なるほど……」

二十三階から現場を確認した松原が言った。

「ちょうどいい奴を持って来ていますから、とりあえず設置して実験してみましょう。それから外塀に付けるカメラには音量測定できるアプリを一緒に付ければ、車両、運転者、音量の一石三鳥になりますよ。二、三日試してみたらいかがですか？」

「試す？」

「ええ。使えそうでしたら、また、以前のようにクライアントになりそうなところを紹介してください」

松原は笑って言うと、車に戻ると工具とカメラ本体を持ってきて、二十三階と病院の外塀二ヵ所にあっという間に監視カメラを設置した。

「バッテリーは充電し終わっていますから、一週間は持ちます。このスマホで確認していただいても結構ですし、Wi-Fiでパソコンに飛ばしても結構です。廣瀬さんなら簡単ですよね」

「大丈夫だと思います。早速、今夜から試してみます」

その夜、廣瀬は病院に泊まり込んだ。

午前二時、時間を合わせたかのように大音量のハードロックのような騒音が響いた。すると、これと同時に廣瀬のパソコンが反応してアラーム音を出した。

廣瀬は直ちに自室の外に出るのではなく、パソコン画面を確認した。

そこには二十三階と外塀に設置した二ヵ所のカメラからの動画が見えていた。さらに、アプリが測定した暴騒音の音量も示されていた。

最初の爆音は、大型スピーカーを載せたワンボックスカーが車両左手のスライドドアを開けてハードロック音楽を鳴らしたものだった。

「百二十デシベルか……」

廣瀬は直ちに一一〇番通報をした。

すると電話中に今度はローリング族と思われる二十台ほどの、明らかに改造されている外観のスポーツタイプ車両が浮島通りを海岸方向から断続的にやってきては、病院脇でドリフトを掛けて、耳に突き刺さるようなブレーキ音とタイヤ音、さらにはアフターファイヤーによる爆音を響かせていた。

ドリフトとは、カーブ進入時にハンドル、アクセル、ブレーキ、クラッチなどを高度に操作し、後輪もしくは四輪を横滑りさせる走行テクニックのことをいう。またアフターファイヤーとは、エンジンの中で燃焼しきれなかったガスがエンジンから外に出て、火が付いたままマフラーから噴出することをいう。大きな破裂音や燃え上がる炎の演出効果を狙って、意図的にアフターファイヤーを起こすよう車を改造する者もいる。

神奈川県警の通信指令室にもこの音が届いているようで、電話口の通信指令官が訊ねた。

「これが、連日ご迷惑をかけている暴騒音ですか？」

「どうやらそのようです。失礼ながらレスポンスタイムはどれ位でしょうか？」

「すでに近隣に県警交通部交通捜査課暴走族対策室のチームがスタンバイしていると思いますので、取締りに入ると思います。危険ですから現場に近づかないようお願いします」

すると間もなく二台のパトカーが赤色灯を付けサイレンを鳴らして現場にやってきた。ローリング族は慌てるようすもなく、まるで打ち合わせでもできていたかのように三々五々に分散して逃走していった。

パトカーが狙いを定めた車両の追尾に入るところまでが画像に残されていた。

十分後、廣瀬のデスクの電話が鳴った。廣瀬が電話機のオンフックを押すと、電話の声の主は警察ではなく、松原だった。

「警察の追尾というのは、ずいぶん甘いものですね」

「画像をご覧になっていたのですか？」

「うちの機材の有効性を確認していただけのことです。二十三階のカメラの画像を確認していただければわかると思いますが、一見バラバラに逃げたような連中は、迂回ルートを通りながら産業道路に入り大師橋《だいしばし》を渡って都内に逃げ込んでいます。県警のパトカーはケツ持ちをしていた車を最後まで追い詰めることはできませんでした」

「どういうことですか？」

「彼らのバックにはさらに大きな組織があるようです。産業道路に入る手前で大型トレーラーに道を塞がれました」

「そうですか……都内に入った車はどちら方向に行ったのかわかりませんか？」

「それは警視庁さんのNシステムで追いかけた方が早いと思いますが、主犯格と思われる二台は蒲田近くで、一台の大型トレーラーに乗せられて移動しました」

「えっ……確かに、大きなバックがいるのですね……」

廣瀬は一瞬背筋が寒くなった。

「しかし、今回運転していた十三人に関しては、弊社が警視庁さんに納めた運転免許台帳の顔認証システムを利用すれば、全て判明すると思いますよ、私も手元のデータで五人はわかりましたから」

「手元のデータ……というと？」

「試験用に預かったサンプル画像に引っ掛かったのです。全員がこの十年以内に運転免許を取得した者でした。おそらく、三十歳前後の元暴走族を洗えば出てくる可能性が高いですよ」

「都内の暴走族ですか……」

廣瀬の頭にピンとくるものがあった。

「松原さん。何から何まで本当にありがとうございました。もう少し、カメラの実験をしてみます」

「そうですね。相手も日替わりで来ているかもしれませんしね。しかし、ドリフトの時の逆ハンドルの切り方は全員が同じパターンでしたから、グループがかなり絞られるかもしれませんよ」

「そこまで分析されたのですか？」

「一応、画像分析のプロですから……」

電話の向こうで笑って答える松原の精悍な顔が廣瀬には目に見えるようだった。

廣瀬が改めて屋上に設置した監視カメラの画像から順に確認すると、外堀に取り付けているカメラと連動して、違反度合いが高い車両をＡＩが判断して、二十三階のカメラは自動的に該当する車をカメラの視界から消えるまで追尾していた。

彼の会社のカメラは現在、すでに多くの警察機関で使用されているだけあって、捜査における証拠収集の目的を理解した設計がされていた。

次に外堀に設置されているカメラは音量測定だけでなく、運転者、助手席等の同乗者すべてを明確に撮影しており、このシステムは都道府県警察が使用している固定式、移動式オービスや、Ｎシステムに使用されている。さらに今回のシステムには、ナンバープレートを隠している車両を想定して、改造車両の特徴を分析し、車両の原型から車種やその年式も特定できるようになっていた。

「やはり彼は天才だな……」

廣瀬はニヤリと笑いながら仮眠に入った。その日はパトカーが現れたためか、二度目の集会は行われなかった。

午前九時、廣瀬は警視庁公安部の秋本理事官に電話を入れた。

「秋本っちゃん、実は今日の午前二時頃、暴走族が現れてその動画を撮っているんだ。画像は鮮明で運転免許台帳から運転者等の把握ができる可能性が大なんだよ」

「なるほど……マル暴に続いて、今度はマル走ですか……」

「この二つには関連がありそうなんだ」

「なるほど……マル暴、半グレ、マル走……わかりやすい図式かもしれません。早急に分析して、つながりがあれば蒲田の捜査本部にも連絡しておきます」

「よろしくお願いします。それから、今回の画像を撮る際に協力してもらったのがアクションテクニカ社の松原玲人社長だったんだよ」

「天才松原をご存じだったんですか？」

「十数年来、知ってはいたんだけど、僕が警察を辞めてからは会っていなかったんだ。その彼が、今回の動画をご自分でも確認していて、逃げた連中のほとんどが都内に入って、そのうちの主犯格と思われる二台は大型トレーラーに載せて移動したというんだよ。大型トレーラーのナンバーもわかっているんだ」

「それは画期的な情報だと思いますよ。すぐに捜査員を向かわせます。監視カメラの画像データだけでなく、カメラ本体の精度も確認しておかなければなりませんから」

「松原さんには一切の迷惑が掛からないように気を付けて下さいね」

「承知しました」

第八章　敵の姿

その後も暴走族による嫌がらせは断続的に続いたが、その都度情報の集積がされていた。

警視庁公安部の捜査員は全容の把握がほぼ終わると、神奈川県警交通部交通捜査課暴走族対策室とも連絡を取り合った。県警としても、犯行の場所は神奈川県内でありながら、実行行為をしているメンバーのほとんどが都内居住の半グレの下部組織であることを知ると、後方支援に回ることで捜査協力体制を組むことになった。さらに神奈川県警は警務部長の指示もあり、今後の神奈川県内に存在する暴走族対策を含めた訓練を兼ねて、神奈川県警警備部第一機動隊の投入を決定していた。機動隊は、その集団警備力を生かして、街頭犯罪抑止を目的とした集団パトロール、暴走族の取締り、交通事故防止対策、環境浄化対策など、県民に身近な活動にも従事している。

一方警視庁も交通部第二方面交通機動隊、警備部第六機動隊の二個中隊、地域部航

空隊、公安部公安機動捜査隊、刑事部機動捜査隊、生活安全部少年事件課、生活安全特別捜査隊、組織犯罪対策部組織犯罪対策特別捜査隊による、総員四百人を投入した大捜査体制が組まれていた。しかも、事件全体の総指揮官は公安部長だった。

公安部は暴走行為メンバーが使用している携帯電話の通信傍受に加えて、位置情報の把握もすでに進めており、Xデーを決定した。

出動前の捜査幹部会議が午後十時から品川《しながわ》区勝島《かつしま》にある第六機動隊の講堂で始まった。会議には警部補以上の幹部が出席し、捜査本部の総指揮官の公安部理事官から細かい指示が出された。

捜査会議と言っても検挙活動を目的とした、一回限りの会議であるため、一つのミスも許されなかった。

「たかがマル走の暴騒音にこれだけの体制を組むのか？　しかも、編成表上のトップは公安部長だぜ」

「この資料ではゼロヨンではなくて 0-100km/h 加速のレースをやって、その後ドリフトを掛けるらしいな」

「0-100km/h 加速か……最近の速い奴は国産車で三秒台だというからな」

ゼロヨンはアメリカで生まれた車のレースの一つで、四分の一マイル（約四〇二メートル）を何秒で走行するかを競うドラッグレースの日本での通称で、通常は十六秒程度である。

「そんなに速いのか……時速百キロメートルというと、秒速で……」

「二十八メートルだ」

「さすがに元マル走、よく知ってるな」

「マル走じゃねえよ。大学自動車部だ」

「そうだったのか……」

「それにしても、速い車ばかりよく揃っているな……金持ちのボンボンなのか、車に命を懸けている連中なのか、中でも日産ＧＴ－Ｒニスモ、ホンダＮＳＸか……どちらも軽く二千万は超えるぜ」

刑事部機動捜査隊の中隊長が怪訝な顔つきで、組対特捜隊の中隊長とひそひそ話を始めていた。

「しかし、本部各課の事件担当管理官が全員揃ってるぜ。何か、バックに相当大掛かりな事件が潜んでいるんじゃないのか？」

「そうとしか考えられないな……しかも無線の指揮系統が警備系だからな。所轄は蒲田だけで署長まで来ている」

一斉捜査を行う際に最も大事なことは無線による指揮系統である。警視庁の中にも多くの無線系統があるが、そのなかで暗号無線を多く用いるのが警備系無線系統である。警備系無線の特徴は警備符号と呼ばれる数字の羅列による暗号である。警察全般のみならず、警察無線に興味をもつ人々は実に多い。警察マニア専門誌まで多く出版され、警備符号に関しても様々な解釈をして発表しているが、誤りも数多い。誤りが多ければ多いほど警備警察としては笑いが止まらないところなのだが……。

捜査総指揮官の公安部理事官が指示の最後に思わぬことを口にした。

「今回の捜査は警視庁本部十七階の大会議室でも同時進行で行われている。その先陣を切るのがここの部隊である。一つのミスも許されない。この結果次第で明朝の第二手、第三手が繰り出される。幹部は部下にわかりやすくかつ、厳しく指導しながら、現場では最善の策をとるよう、脳みそに汗をかくほど頭を働かせて捜査に当たってもらいたい」

言葉にこそ優しさも含まれてはいたが、この捜査を誤れば捜査員全員の首が飛ぶ……という隠れた意思を捜査幹部は認識していた。

「それにしても、公安部という奴らは、どうやってここまで情報を集めてくるんだ。ここまで情報があって捜査をミスることはないだろう」

「しかし、敵はさらにその上を行く、かつての極左以上の組織を持つ連中なのかもしれない。そうでなければ、公安部長がトップの捜査本部など立つはずがない」
「その先陣が俺たちか……なんだかゾクゾクしてきたな」
「ああ。とことんやるしかないな」

午前二時、情報どおり大型スピーカーを載せたワンボックスカーが川崎殿町病院の真横につけて、スピーカーのスイッチを入れた。間もなく大音量のハードロックが静寂を打ち破った。これを合図にするかのように計十五台の改造車両が浮島通りに海岸方向から十メートル間隔で爆音を立てながら走ってくると、病院脇でドリフトを始めながらアフターファイヤー音を鳴らした。次々とドリフトをしては首都高のガード下の信号機がある交差点で反対側一方通行車線に入り、再びスタート地点に戻る流れを作っていた。

ローリング族が二周目に入った時、県警交通部交通捜査課暴走族対策室のパトカー二台が海岸方向から赤色灯とサイレンを鳴らしてローリング族の後方に付けた。ローリング族の先頭を走っていた日産GT－Rニスモと、その後に付いていたホンダNSXの二台が急にスピードを上げて殿町夜光線方向に逃走した。殿町夜光線の直前には県警交通捜査課が最新式の移動オービスを設置し、交差点の信号機も両方向赤色で交通を遮断していた。

二台の車は信号を完全に無視して制限速度時速五十キロメートルの浮島通りを、時速百五十キロメートルを超えて通過した。この時点で一旦交通機動隊の白バイが追尾体制に入ったが、速度超過が著しいため追尾を止めて、産業道路までの要点に配置している捜査員からの無線連絡によって、通過場所を確定していた。二台の逃走車両は一分後には産業道路に入り、さらに二十秒後には東京都に入った。この頃には二台の車は追跡を振り切ったと思ったのか、いつものようにスピードを落として大鳥居《おおとりい》の交差点を左折して、通称「環八」環状八号線に入った。二台は環八では制限速度以下にスピードを落として、大鳥居の信号から百メートルほどの所に停めてあった、フルトレーラータイプの大型二軸ロングホイールベースキャリアカーに吸い込まれるように積載された。

二台の車を積んだキャリアカーは、逃走してきた運転手と助手席の仲間、計四人が降りると二台の車にシートをかけて静かに走り出した。環八に降りた四人はキャリアカーから十メートルほど前に停まっていた黒色ワンボックスカーに乗り込んだ。ワンボックスカーがウインカーを右に出して発進準備をしていると、三台の四トントラックが立て続けにワンボックスカーの脇に接近し、一台は前方に、二台は右横に停車し、さらにその後から一台のマイクロバスがワンボックスカーの後ろに停車した。

ワンボックスカーの運転手がクラクションを鳴らすと、ワンボックスカーの運転席の右隣に停めたトラックの助手席から身長百八十センチメートル、体重百キログラムはゆうに超えていると思われるような大男が降りてきて言った。

「てめえ、舐めたまねするんじゃねえぞ」

「何この野郎。こっちは急いでんだ。車をどけろ。どけなきゃ、ただじゃすまねえぞ」

「あんちゃん、面白いこと言うじゃねえか。ちょっと降りて顔かせや」

「何だと、上等じゃないか。どこの連中かしらねえが、俺たちをあんまり怒らせると生きちゃいけねえぜ」

「ほう。口では何とでも言えるんだよ、いいから降りてこい」

すると車内にいた若い男が運転手に言った。

「こんなところでつまんねえことすんなよ。金でも渡してすぐに帰るぞ」

運転手は「へい」とは答えたが、その時、窓を開けていたため、外の男から胸倉をつかまれた。運転手以外の車内の者は、窓の全面にスモークフィルムが付けられていたため、車が完全に囲まれていることを知らない様子だった。

「何すんだこの野郎」

「降りろ」

外の男がワンボックスカーの運転席のロックを解除し、運転席のドアを開けた。

後部座席に座っていた男が左側のスライドドアを開けた途端、数人の男がそこに立っており、降りてきた男を見るなり言った。

「なんだ、元ジャッキーズの赤荻信也《あかおぎしんや》じゃないか」

名前を呼ばれた男は急に慌てて叫ぶように言った。

「なんだお前たち」

「俺たち？　警視庁だけど何か言いたいことある？　それとも何か思い当たることでもあるのかな？」

「警視庁？」

言葉を繰り返した時、男の顔から血の気が引いていくのが街路灯の明かりでもわかるほどだった。

「この先で、お前たちが運転していた日産GT‐Rニスモと、ホンダNSXは、たった今押収されたとさ。そこまで言えば、俺たちが何の用でここにいるのかわかるだろう？」

「なんのことだ？」

男の声が震えていた。

「鈴木浩一も間もなく逮捕のようだぜ。お前もシャブ喰ってんじゃないか？　まあ、後で調べりゃわかることだけどな」

男は何も言うことができなかった。警視庁と名乗った男が言った。

「現在時午前二時二十五分、赤荻信也こと赤池誠也《あかいけせいや》。お前たちをとりあえず神奈川県川崎市殿町周辺で行った道路交通法違反の容疑で現行犯逮捕する。余罪についてはお楽しみに……だな」

一方、他のローリング族メンバーの逮捕劇も圧巻だった。

逃走車両が産業道路に入った段階で橋の東京都側の出口を第六機動隊のかまぼこ型装甲車二台が封鎖した。

さらに背後からは神奈川県警第二機動隊の装甲車がゆっくりと迫っていた。

橋の上で警察に挟まれて孤立したローリング族の中から数人が拳銃を発砲したが、装甲車を貫通することさえできなかった。

「全員、車から降りなさい。発砲を続けるならば、こちらも相応の措置をとる」

しかし、発砲をした者は弾がなくなるまで撃たなければ気が済まなかったのか、さらに数発の発砲を行った。

すると警視庁側の向かい合って停めていた二台の装甲車がそれぞれバックして間が空いたかと、誰もが思った時、遊撃放水車が現れ、強烈な放水を行った。さらにはパウダー式のガス銃も数発発射され、フロントガラスが割れた車両には冷水が放射された。気温七度の中で冷水の放水を受けた者は、車から飛び出して手を挙げたが、拳銃を発射していた者は、拳銃を川に捨てると、自ら川に飛び込んだ。しかし、多摩川《たまがわ》には第六機動隊の臨海部初動対応部隊（ウォーターフロント・レスポンス・チーム　通称WRT）が水上バイクやゴムボートを配備して待ち構えていた。

結果的に総勢三十人全員が逮捕され、車両全てが押収されるまでに一時間もかからなかった。また、投棄された拳銃も直ちに押収された。犯人は一旦、全員が第六機動隊に引致され、その後各人に応じた取調体制と分散留置の措置が取られた。

午前八時から、それぞれの留置場所にある取調室で一斉に取り調べが始まった。

「チャカの入手先はしゃべったか？」

午前十時、公安部事件担当の寺山理事官が捜査主任官の長江管理官に訊ねた。

「いえ、今のところ黙秘です」

「全員に拳銃の共同所持を最優先に取り調べるよう指示している。中には弱い野郎がいるはずだ。脅して脅して脅しとおせ。必ずゲロする奴がいる」

「少年は三人で、現在、少年事件課の捜査員が叩いています。案外、こちらの方から落ちる可能性もあります」

「取調官はどんな感じだ？」

「杉本《すぎもと》という警部補ですが、これがなかなかできる男です」

「いいねぇ。芸能人の何とかという野郎はどうだ？」

「それが、元首相夫人と友人だとか騒いでいて、弁護士を呼ぶように言うのですが、所詮、おつむが足りない野郎なものですから、知っている弁護士がいないんです」

「マスコミにリークする……と言ってやれ。朝のワイドショーにニュース速報が出れば、誰かがお前を消しに来る……とな。マスコミでちやほやされて来た野郎は裏社会からの制裁が一番怖いんだ。野郎にも拳銃の話をしてやれば案外ビビってくるかもしれないぜ」

「ガッテンです」

そこへ交通捜査課の管理官が報告に来た。

「赤池誠也らが運転していた、日産GT－Rニスモと、ホンダNSXの所有者が判明しました。墨田区錦糸《きんし》に本社を構える都内大手酒販店の社長のものでした」

「酒の萬屋《よろずや》か？」

「そうです。よくご存じですね」

「酒飲みで知らねえ奴はいねえよ。都内五指の酒販店の中でも一、二だろうからな。確かに仕事はできるんだが、最近はやり口が汚くなりやがった。儲かり過ぎて、てめえはランボルギーニやフェラーリを頻繁に買い替えては遊び回っているらしい」

「貧乏人が金を持つとそうなってしまうんですよね……」

「萬屋と赤池の関係は調べたかい？」

「まだ、そこまでは……」

「それなら、うちで調べてみるわ。それまでは赤池の野郎に知らせないでくれ」

寺山理事官は秋本理事官に電話を入れた。

「秋本さん、今、廣瀬ちゃんの捜査に追われてるのですが、その中で元ジャッキーズの芸能人と、酒屋の萬屋の関係が出てきているんです」

そこまで聞いて秋本が答えた。

「もしかして赤荻信也ですか？」

「おお、それです。さすがですね。二人の関係を知ってますか？」

「六本木の東京連合と大手芸能プロダクションのサミックスエージェンシーが繋いだんです。元首相夫人でワーストレディーと呼ばれていた人も、大麻関連で繋がっていますよ」

「なるほど……その赤荻信也の弱点を知っていますか？」

「六本木と新宿のキャバクラですね。去年、その世界の裏側を知り尽くしている男が失踪したんですよ。はっきり言えばチャイニーズマフィアの下っ端に消されているようなんですが、その原因が赤荻信也と言われています」

「何をやったのですか？」

「強姦、シャブ、管理売春、児童買春、児童ポルノ等々、何でもやっていますよ。奴のために自殺した女性芸能人もいるくらいですから。それが原因でジャッキーズをクビになった……というのが本当のところのようです」

「凄い話だけど、裏は取れているのですよね」

「話をしてくれる女性はいますよ。ただし、当分の間は身柄を厳重に保護してやらなければならないと思います」

「わかりました。誰か、奴を叩くことができそうな捜査員はＩＳにいないかな？」

「一人います。係長なのですが、まあ何事もよく知っていますよ」

「借りられますか？」

「どこに行かせますか？」

「奴は今原宿《はらじゅく》署に分散留置していますので、原宿署にお願いします。奴に関しては明日の新件送致までにある程度のカタを付けておきたいんです」

「承知しました。そういえば先ほど、廣瀬さんからお礼の電話が入りました。相変わらず幅広い人脈を築いていらっしゃいます」

「ああいう人材が未だに協力してくれるから、こちらとしても助かるのです。どこに行っても生き延びる人材です」

「私が今日あるのは、廣瀬さんのおかげですから」

「秋本さんも、さんざんな目に遭ってきたんです。わかる人はわかっていたんですよ」

電話を切った寺山理事官は組対部の津村《つむら》理事官に電話を入れた。

「チャカの特定はどうなっているの？」

「それがね、寺さん、実は使用された二丁のうち、一丁が珍しい銃でね。ワルサーP38（Walther P38）だったんだ」

「ルパン三世のワルサーP38か……しかし、あれは大量生産されたんじゃなかったか？」

「銃そのものは第二次世界大戦前に制作されたカール・ワルサー社製の9㎜軍用自動式拳銃なんだが、今回弾倉に残っていたのは7.65×21mmパラベラム弾仕様だったんだ」

「どういう意味だ？」

「ドイツ陸軍は7.65×21mmパラベラム弾の威力があまりに弱いので代わりに9×19mmパラベラム弾を採用しているんだ。だから7.65×21mmパラベラム弾仕様のモノは過去の遺物のようなもので、現在では実用には向いていないものなんだ」

「なるほど……誰がどこで仕入れたか……だな。弾倉や、ここに残っていた実弾の薬《やっ》莢《きょう》部分から指紋は取れていないのか？」

「それは今、科捜研が調べている。いずれにしても若造が扱う銃としては滑稽な感じがするんだ」

拳銃に関して最初に供述が取れたのは、予想どおり少年事件課の杉本主任が調べた少年からだった。

「チャカは、今回のメンバーの一人が、奴の爺さんが持っていた古いものを盗んできたと聞いている。名前は忘れたが有名なメーカーのものだと言っていた」

「チャカを爺さんから盗んできたのは誰だ？」

この質問に三人の犯人が答えた。しかもその供述内容はほぼ一致していた。

「武田《たけだ》です。奴の爺さんは軍人だったそうで、既に亡くなっていますが、金庫にタマと一緒に保管されていたそうです」

杉本主任の情報は直ちに全ての取調官に速報されていた。

「武田将司《まさし》、二十二歳、親父は中堅総合商社『飯田《いいだ》』の執行役員で、父親の父親は確かに元軍人だったようで、飯田の社長も務めていた武田進次朗《しんじろう》だ」

津村が杉本主任からの報告の裏付けを取って寺山理事官に伝えると、寺山理事官はそれがさも常識であるかのように答えた。

「武田進次朗……陸軍中野学校卒の情報士官で大本営にいた男だな……。武田進次朗の息子、つまり容疑者の父親はどうして処分をしなかったか……だな」

「さすがに何でも知ってるな……かつて、兵庫県の男性が旧日本陸軍の三八式歩兵銃をネットオークションに出品したことがきっかけで逮捕されたんだが、男性は祖父が持っていた銃を保管していた。刃渡り三十八センチの銃剣もついており、実弾発射も可能なほど手入れが行き届いていた……ということもあったからな。本人に聞いてみなければわからんだろうが、孫が親の知らない間に保管していた可能性もあるな。ところで、もう一つの拳銃はどうなんだ？」

「これは日頃から闇で流通していると言われるリボルバーで、S＆W三十八口径なんだ」

「令和二年上半期における拳銃の押収丁数は百五十五丁で年間三百丁ほどだから、実際にはその二十倍が流通していると考えた方がいいだろうな」

「それにしても、こんな小僧たちがチャカを使う時代になってしまったんだな」

「昭和の中期に角界拳銃密輸事件というのがあって、当時の大横綱を始めとした関取衆がハワイ巡業で数十丁の拳銃を密輸したことがあったんだが、拳銃を使う感覚はその頃と同じなのかもしれないな。ゲームで覚えたピストル遊びの影響か、すでに玩具感覚になっているんだろう」

「われわれにとっては勘弁してもらいたい現象だな」

「拳銃の共同所持はどうなっているんだ？」

「チャカの存在はほぼ全員が知っていたんだ。何と言っても押収した実弾が五百発だからな。ヤクザの兵器倉庫なみの量になる」

「リボルバーの入手経路はまだ話していないのか？」

「六本木のクラブで会った、中国人らしい男から買った……ということなんだが……」

「中国人？　実弾もか？」

「情報では実弾は後で発注したようなんだ」

「すると一度だけではなく、連絡を取り合う関係にあったということか……チャイニーズマフィアの影が気になるな……携帯の連絡先を解析してその中国人を至急探し出してくれ」

「了解した」

携帯電話の複数の通話記録から、半グレに拳銃を売り渡した中国人が判明した。チャイニーズマフィアではなく、かつて東京連合と敵対関係にあった中国残留孤児二世三世によって作られた暴走族のメンバーだった。彼らは近年では東北幇《とうほくパン》と呼ばれる東北系チャイニーズマフィアなどと連携し国際犯罪とも関係しながら、東京都内でクラブの実権を握り、それらクラブでイベントを開くギャル界等への影響力を確立していた。

「チャイニーズは最近では東京連合との棲み分けを図っているようで、東京だけでなく神奈川、大阪、千葉、福岡にも進出しているようだ」

組対部の理事官の話を聞いた寺山理事官は、ふと廣瀬から聞いた話を思い出して呟いた。

「中国残留孤児二世三世……東京、神奈川、千葉、福岡か……医療法人の敬徳会の病院の話とも微妙につながっているような気がするな……」

寺山理事官はすぐに電話を取った。

「秋本さん。実は廣瀬ちゃんのところの医療法人のことなのですが、チャイニーズマフィアからターゲットにされているような気がするんです……」

「チャイニーズマフィア……ですか？　確かに今回の事件の端緒は中国残留孤児三世の健康保険証不正使用だったのですが……」

「そうでしたね……今回の事件は二重構造になっているのかもしれませんね」

寺山理事官の言葉に秋本理事官が反応した。

「そうか……二重構造と考えるとわかりやすいですね。相関図を平面図ではなく立体的に造れば全体像が見えてくるかもしれません。すぐに相関図ソフトを組み替えてみます」

その頃、廣瀬は高橋かおるの転院のきっかけとなった、産科の雨宮医長の先輩に当たる中田あゆみ医師と、彼女の夫の実家で、院内クラスターを発生させてしまった医療法人健医会《けんいかい》中田総合病院の内情を、病院協会からの資料で確認していた。

「評判が悪いな……病院協会を除籍されていたのか……」

過去のデータをチェックし終わると、現状を確認するため、廣瀬は川崎に来てから知り合った社会部新聞記者に電話を入れた。

「横浜市内にある医療法人健医会中田総合病院の件なんだけど、その後何か会見はしているの？」

「それが、全く会見を開こうとしないんですよ。理事長の嫁さんでもある産科の医師まで感染しているというのに……ですよ」

「病院の機能は停止しているんじゃないの？」

「外来は停止していますが、一般病棟の患者はまだ残っているのです。コロナに院内感染した十六人の患者は、県立病院や大学病院に引き取ってもらったようです」

「実はうちも一人引き取っているんだけどね」

「えっ、そうなんですか？」

「ところでコロナに感染した、理事長の嫁さんはどこに引き取ってもらっているのかわかる？」

「理事長の母校の都内にある大学病院です。重症化している……という噂で、夫もこれを否定していないようです。元々、この理事長は反社会的勢力の組長のために人工透析のクリニックまで開いたことで有名になってしまったんですよ」

「反社会的勢力か……どこの組かわかる？」

「米山会系の二次団体で横浜では名が知れた松浦《まつうら》組で、北朝鮮系の野郎が組長なんです」

「米山会か……。何か弱みを摑まれてたの？」

「薬の横流しをしていたようなんです。まあ、多くの病院もやっているようなんですが、北朝鮮に流れていたようですね。それから、ここの産科は堕胎が多いのが有名で、チオペンタールの大量購入が医療業界で叩かれたこともあったようですよ」

「それは理事長の嫁さんもやっていたの？」

「その頃、結婚していたかはわかりません。医者の出入りも多かったようです。私も中田総合病院を辞めた医者から話をきいていたんです」

「今回のクラスターの原因って何か聞いてる？」

「米山会の下部組織の連中がやっているクラブでクラスターが発生したのですが、これを表沙汰にしないようにするために中田総合病院が受け入れていたのが発端のようですよ。ＰＣＲ検査は民間企業がやって、その結果のデータを米山会に渡す……という脅迫、恐喝の体制を組んでいたようなんです。ＰＣＲ陽性の検査結果を隠そうとする企業人も多かったようなんです。結果的に米山会と手を組んでいた、中田総合病院の副院長は辞めて姿をくらましています」

「失踪したわけではないんだね……」

「雇われ医者というのは、資格を持っていればどこでも働くことができますから」

「なるほど……そのクラブはどの辺りにあったの？」

「クラブと言っても銀座《ぎんざ》にあるような高級クラブではなく、渋谷や恵比寿《えびす》にある若者相手のクラブで、連日『イベント』と称して百人規模の飲み会を深夜までやっていたようです。そんな店に通う馬鹿なガキどもも多いのが現実なんですけどね」

「中田総合病院としては、ヤクザもんの尻ぬぐいをさせられた結果……というわけか……」

「結果的にそうなります」

「マスコミとしてはそういう実態をどうして報道しないの？」

「はっきり言って、新型コロナウイルス禍にあっても違法営業を行っている店に関して報道はしますが、これを責めるような姿勢を示さないのが現実なんです。これは二度目の緊急事態宣言下の市民の動向にも顕著に表れています。この国は今、とんでもない方向に向かっているんですよ」

記者の話を聞きながら廣瀬は一般市民、特に二十代、三十代の無秩序な行動が、この国の将来を危うくする恐れがあることに強い不安を感じるとともに、これを利用しようとしている組織の存在をはっきりと認識していた。

電話を切った廣瀬は神奈川県警の藤岡警務部長に電話を入れた。

「今回は県警の皆さんにもご迷惑をおかけして申し訳なく思っています」

「いえ、たまに、警視庁と組んで仕事をするのもいい経験になると思います。暴走族を橋で挟み撃ちにするのは警視庁の得意技ですからね。以前、私が警視庁の警備一課長時代にも二子《ふたこ》玉川《たまがわ》の国道二四六号の多摩川に架かる『二子《ふたご》橋《ばし》作戦』をこの目で見ていましたからね。二子橋と新二子橋の二つの端でバイク数十台が多摩川に落ち、四輪車も数十台を確保した作戦は圧巻でしたから」

「以前から警視庁の機動隊はそんなことをやっていたんですね」

「当時、神奈川県警は通信系統の問題から作戦に参加してなかったのですが、その後、広域捜査が問題となって、合同訓練をするようになっていたんです。今回は久しぶりの実戦だったのではないかと思いますよ。拳銃発砲もあったようですからね」

「そうらしいです。ところで今日お電話したのは、横浜市内にある医療法人のバックグラウンドを確認していただけないかと思ったのです」

「何という病院ですか？」

「医療法人健医会中田総合病院です」

「ああ、例のクラスター病院ですね。そこが何か？」

「米山会、北朝鮮と裏で繋がっているようなのです」

「えっ……初めて聞く話ですね」

「僕も、たった今聞いた話なんです。外事、もしくは組対が把握しているのか……を知りたいのです」

「廣瀬さんが知りたい……というのは、どういうことですか？」

「うちの病院がターゲットになった背景を分析して、今後の対応策を考えておきたいのです」

「なるほど……確かに川崎殿町病院が何らかのターゲットになったような思いは私も持っていたのです。至急、捜査させましょう」

電話を切ると同時に、卓上電話が鳴った。

「廣瀬ちゃん。俺だ」

「寺山理事官、朝から、何かありましたか？」

「実は少し気になることがあって、一応、伝えておこうと思ったんだ。今回の事件に関わっているチャイニーズグループなんだが、中国残留孤児二世三世による暴走族の残党らしいんだ。そしてそのグループの全国拠点があるのが……東京、神奈川、千葉、福岡なんだよ。医療法人敬徳会の病院がある場所だろう？」

寺山理事官の情報に廣瀬の背中を汗が流れた。

「それは……日本国内の有力政治家の権力闘争の構造に似ていますね」

「ん？　どういうことだ？」

「東京、神奈川は別として、気になるのが千葉と福岡です。どちらも中国との関係が深いのです。さらには有力議員の対立拠点にもなっているのです」

「千葉と福岡が……か？」

「成田市と福岡市です。結果的に対中国路線の違いでもありますし、その背後にある反社会的勢力の図式にも一致するのです」

「それらをトータルコーディネートしているのはどこだと思う?」

「中国共産党……ですかね……」

「中国共産党か……」

「さらに、これに深く関わっているIOCやWHO等の国際機関と、これに投資している世界中の企業も含まれます。実際に情勢を分析しているのは中国共産党傘下のITやAI企業なのでしょうが……」

「どうして川崎殿町病院というよりも医療法人社団敬徳会が彼らに狙われたのだと思う?」

「うちの病院システムそのものでしょう。特に福岡では、中国人富裕層の健康管理で中国本国でも有名になっているようですし、成田は空港と直結したVIP対応が話題になっています。そしてその双方の利点を持っているのが川崎殿町病院なのです」

「そうか……敬徳会を自分の手中に収めたい……ということか。中国人富裕層が中国国内で最も信用していないのが自国内の食品と医療と言われているようだからな。実は、先程、秋本理事官と話をしていたんだが、今回の事件は二重構造になっているのではないか……と思っていたのが、現実のモノになってきた感がある。警視庁としても、捜査に対して両面対策を秋本理事官に伝えておこう」
「私も、具体的対策をうちの理事長と相談してみます」

第九章　反撃

「廣瀬さん、貴院のコンピュータに海外から攻撃が仕掛けられている様子です」

川崎殿町病院の情報技術分野での情報セキュリティ（information security）コンサルティングの他、セキュリティ監視、緊急対応を委託している情報通信会社の役員の古溝《ふるみぞ》から連絡が入った。古溝とは廣瀬が警視庁公安部在任中からの知り合いだった。

情報セキュリティとは、情報の機密性（Confidentiality）、完全性（Integrity）、可用性（Availability）を維持することであり、これら三つを、英語の頭文字を取って、情報のＣＩＡということもある。

「サイバーテロですか？」

サイバーテロ（cyber-terrorism）とは、ネットワークを対象に行われるテロリズムである。

「幸い、貴院のサーバやメインコンピュータは外部とは完全に遮断されていますから、全く被害は受けていないのですが、貴院のウェブページの管理契約やドメイン管理をしているウェイクホールディングスが大変なようです」

ドメインは、インターネット上の住所をあらわす重要な情報であり、日本のドメイン名「.jp」を管理するのは、日本レジストリサービス（通称ＪＰＲＳ）という日本の会社である。

「サイバーテロで攻撃を受けるコンピュータの多くは、単にコンピュータセキュリティに無関心なユーザーのパソコンである可能性も指摘されているとも言われていますが、病院がターゲットになることも、そう多くはありませんが実際に起きています。もっとも、貴院の場合は特別だと思われます。ＶＩＰの健康状態は世界経済にも大きく影響しますからね。さらには貴院の評価にもかかわる重大なリスクにもなります」

「攻撃をしているのは中国ですか？」

「九五パーセントが中国で、五パーセントが朝鮮半島です」

「またしても海南テレコムなんてことはないでしょうね」

廣瀬が笑いながら訊ねると、古溝が生真面目な声で答えた。

「そのまたしてもです。廣瀬さんが元公安だから執拗に攻撃している……というわけではないとは思いますが、個人病院に対して、あの組織が再び狙ってくるのは珍しいことだと思っているんです」

海南テレコムとは、中国人民解放軍総参謀部第三部の指揮下で育成されたサイバー戦争用部隊で「陸水信号部隊」と呼ばれ、本拠地が中国人民解放軍海南島基地に所在しているため、そう呼ばれている。ちなみに中国人民解放軍は中国共産党が指導する中華人民共和国の軍隊である。数年前にも川崎殿町病院は海南テレコムからサイバー攻撃を受けたことがあり、当時それを解析したのも古溝だった。

「敵さんも、案外本気なんだな……」

「そうですね。一度敵と看做すと徹底的にやってくる連中なのですが、廣瀬さんのところの医療法人は福岡にも系列の病院があるようですね。そこに、党中央とあまりいい関係ではない人がかかわっているのかもしれませんね」

古溝が心配そうに言った。

「そういう事までわかるの？　最近、心ない中国人グループから多大なる嫌がらせを受けていて、警視庁や県警にもお世話になっているんだよ」

「廣瀬さん、何やっているんですか？　敵は軍隊ですよ。戦争を仕掛けられているんですよ。弊社としても、官邸や内閣府、防衛省もクライアントですから、陸水信号部隊の攻撃先は報告しなければならないんです」

「そうだったね。さらにご面倒をおかけして申し訳ないけど、よろしくたのむよ」

「そんなことより、廣瀬さん個人が狙われているわけではないのですね」

「そんなに大物でもないよ。今は単なるパンピーだからね」

「吉國官房副長官もご心配なさると思いますよ」

「吉國さんとは今でもよくお会いしているから、僕の日頃はわかってもらっているはずだけど、やられっぱなしでは面白くないしね」

廣瀬が当たり前のような言い方をすると古溝が驚いたような口ぶりで訊ねた。

「まさか、個人的に海南テレコムというよりも、中華人民共和国の軍隊を相手にしようとなさっているわけではありませんよね」

「そこまで馬鹿じゃないよ。ただ、やっていいことと悪いことだけは向こうに伝えておいた方がいいだろうと思うんだけどね」

「廣瀬さんがハッキングくらいのことができることは知っていますが、なにぶんにも相手はプロです。十分気をつけないと、とんでもないしっぺ返しが来るかもしれませんよ」

「古溝くんに迷惑をかけるようなことはしないし、医療法人社団敬徳会に対しても同様だよ。ただ、ちょっと思いついたことがあって、それを一度試してみようかな……

と思ったんだ」

「くれぐれも、御身大切になさってください。それしか私に言えることはありません」

古溝の丁寧な忠告を廣瀬はありがたく聞いていた。

廣瀬はプライベート用のスマホを取り出して警視庁公安部の秋本理事官に電話を入れた。

「相変わらず迷惑をかけて申し訳ないね」

「何をおっしゃっているんですか。今、私は3Dの相関図を作っているところなんです」

スリーディー（three-dimensional）つまり、三次元を意味し、立体的視覚によって、表面的な配列に奥行きを出すことによって個々のつながりの深さを表す手法である。

「確かに今回は複雑な人間関係が絡まっていると思うよ。ところで、今回の捜査でパソコン等の押収はあるの？」

「パソコンは十数台押収していますよ。最近の半グレはスマホの方が多いのですが、スマホでは通話記録等で何かあった場合に足が付く可能性がありますからね。その点でパソコンはガサでも入れられない限りは安全ですし、情報の保存や、各種名簿の整理にも適していますから、それなりの能力がある者に管理を任せていたようです。プロテクトも奴らの能力にしては、まあまあのことをやっていました」

「なるほど……その中に海外からのメール等はなかった？」

「手元に届いている資料の中では三台のパソコンで海外、と言っても韓国と中国ですがやり取りがあったみたいですね」

「ほう。そのパソコンのＩＰアドレスとドメイン名を教えてもらえないかな？」

「ハッキングでもなさるつもりなんですか？」

「僕も彼らの真似をして、ちょっとだけなりすましでもやってみようかと思ってね」

「パソコンはどうされるのですか？」

「秋葉原のジャンクショップに行けば、手ごろなのが安く転がっているでしょう？」

「わかりました。三台のＩＰアドレスとドメイン名、それから、それぞれの通信データをコピーして送りますよ。釈迦《しゃか》になんとか……かもしれませんが、くれぐれも、お気をつけてくださいね」

「ついでに、パソコン内のエクセルデータ、もしくはこれと同様のデータを全て送ってくれないかな」

「もしかして、パスワード対策ですか？」

「そう。複数の相手がいる時にパスワードやＩＤをデータ化している奴は結構多いんだ。パソコンの使用者、もしくは所有者の携帯の同様のデータもあるとありがたいな。いくら半グレとはいえ、それなりの野郎に任せているはずだから、スマホを見ながらパスワードを打つ奴もいるんだ」

「なるほど、その関連付けが廣瀬さんらしいですね」

「ブルートフォースアタックをやってもいいんだけど、時間がもったいないからね」

ブルートフォースアタックとは、パスワードやＩＤを見つけるために、考えられるすべてのパターンを総当たりで試して、合致する組み合わせを見つけ出す手法である。サイバー攻撃者は幾つかの発見パターンを組み合わせて照合することで、より迅速に合致パターンの抽出を行っている。

「ご期待に添えるよう、注意して探せと公安部ハッカー集団に指示しておきます」

翌日の土曜日の午後一番で、廣瀬は秋葉原に向かった。今でも、秋葉原の中央通り《ちゅうおうどお》りから昌平橋通《しょうへいばしどお》り方向に入ったところにある通りを「秋葉原ジャンク通り」といって、道路脇に露店のように個人が商品を並べたジャンクショップが多くある。商品の品質や出所は様々で誰も追及をしないが、廣瀬のようなプロの目から見れば、どういうルートでこの場に並んだ商品なのかがある程度想像できる。廣瀬はその中から、中東系の男が売っている比較的新しいノートパソコンに注目した。

「これいくら?」

「七万円です」

いまだに量販店でも売っている機種で、新品なら相場の三分の一以下の値段だった。

「安いね。ちょっと見せて」

廣瀬はパソコンの裏を見て、どこで売られたのかを確認した。ノートパソコンの裏側には必ず品番と製造番号が記されたシールが貼ってあるからだった。そのシールの文字はアラビア語だった。

「ドバイから運んできたの?」

「お客さん、よくわかるね。まだ新品に近いんだよ」

「そうだろうね。この型番が売り出されてまだ二年足らずだからね」

「ドバイではポルシェもパソコンもいっぱい捨てられている。もったいないよ」

「そうだってね。君のようにモノを大事にする気持ちが大事だ。商売にもなるしね。

パソコンの他に何か売っているものはないの？」

「私はパソコンと、その周辺機器だけ」

「外付け無線LANアダプターはあるかい？」

「日本製のいいのがあるよ。モバイルブロードバンドで使用するUSBモデム端末なら一万円でいいよ」

「対応周波数2.1GHz/1.8GHz/800MHzか……もう世の中はそういう時代になっているんだな……掟破りの高性能なんだろうな」

「安定しているよ。ここより安いものはないと思うよ」

「わかった。二つとも頂戴」

「ありがとう。本当はお客さんプロフェッショナルなんだろう？」

「どうしてだ？」

「ここはプロフェッショナルしか来ない。個人のお客さんで、このパソコンを使って外付け無線LANアダプターを使うとなると、普通の仕事じゃないな。でも、いい仕事をしてね」

「ありがとさん」

廣瀬はニコリと笑ってノートパソコンと無線LANアダプターをリュックに詰める

と、病院に戻った。

パソコンのバッテリーを充電すると廣瀬はパソコンの動作確認をし、そのIPアドレスをコマンドプロンプトでチェックした。

廣瀬は秋本理事官に、このパソコンの使用者をISP（インターネットサービスプロバイダ）に渡して報告を求める手続きを依頼した。

廣瀬はパソコンを手に港区元麻布《もとあざぶ》三丁目にレンタカーで向かった。

在日本中華人民共和国大使館近くのコンビニの駐車場に車を入れると、廣瀬はパソコンに無線LANアダプターを取り付けた。Wi-Fiを確認すると中国大使館のアクセスポイントが見つかった。当然ながらセキュリティが掛かっている。しかし廣瀬はブルートフォースアタックとも呼ばれる手口でパスワードを見つけることができたため、その場でネットにつないでみた。

「案外ちょろいな」

廣瀬は中国大使館のアクセスポイントからあらかじめ用意していた合計十二個のマルウェアを医療法人社団敬徳会に対して攻撃している相手に送って直ちにパソコンの電源を切った。

マルウェア（malware）とは、不正かつ有害に動作させる意図で作成された悪意のあるソフトウェアや悪質なコードの総称である。悪意のある、有害な不正ソフトウェアとも称されている。そもそも、マルウェア（malware）という言葉自体が、「悪意のある」という意味の英語「malicious（マリシャス）」と「software」を組み合わせて創られた混合語である。

「さて、このパソコンにどんな反応があるか……だな」

古溝の協力を得て、わずか一台のパソコンに反撃のサイバーテロが実際に行われるのかをチェックしながら、廣瀬は中国大使館の動きを探るよう、警視庁公安部外事第二課の協力者に依頼した。

三日後、秋本理事官から電話が入った。

「中国大使館内では大騒ぎになっているようです。何しろ、自分のところのWi-Fiを使われて、しかも、アクセスポイントまで大使館内のパソコンだったわけですから、徹底した犯人捜しを始めるようです」

「面白いね。身内に撃たれるほど辛く、悔しいことはないだろうからね」

「それよりも、廣瀬さんが使われたパソコンが問題になっているようなんです」

「ほう。使用者は中東人だからね。UAEだっけ？」

「いえ、サウジアラビアだったようです」

秋本が意味ありげに言った。廣瀬はその意味を理解していた。

「お隣さんに疑いが掛かったかな?」

「どうやらそのようです」

廣瀬が秋葉原にある数あるジャンクショップの中から、中東人らしい男が売っている露店を選んだのには理由があったのだった。廣瀬が秋本に言った「お隣さん」というのは、在日本中華人民共和国大使館の表通りである、通称「テレ朝通り」から見て、大使館の裏側にある施設のことだった。この施設は「アラブ イスラーム学院」という、日本─サウジアラビア間の文化交流支援とアラブイスラーム文化の紹介を行う文化センターだった。

「サウジアラビア王国と日本は皇室外交は積極的ではあるんだけど、政体はサウード家による絶対君主制であり、ワッハーブ主義に基づく厳格なイスラム教義を国の根幹とした政教一致体制だからね。国教であるワッハーブ派は一般にイスラム原理主義として知られていて、原点回帰的なイスラム改革運動の先駆的な立場なのが、僕としては気になっているんだ。さらには、ジャーナリストのジャマル・カショギがトルコのイスタンブールにあるサウジアラビア総領事館で暗殺された背景は闇のままだしね」

「ムハンマド・ビン・サルマン皇太子が裏で動いていた……とも伝えられていましたよね」

ワシントン・ポストは消息筋の話として、米中央情報局（CIA）はカショギ殺害事件の黒幕はムハンマド・ビン・サルマン皇太子だと結論付けたと報じている。

「それでもG20には堂々と出席しているからね……やはり怖い国だと思うよ。個人的には初代国王のイブン・サウードという人物は歴史的人物として高く評価しているんだけどね」

「そうなんですか……子供が八十九人いる……という話ですよね」

「有力部族を押さえるためには必要だったんだろうね。とはいえ、真似できないよ」

廣瀬が笑った。秋本もつられて笑いながら訊ねた。

「ところで廣瀬さん、陸水信号部隊に対して何を送ったんですか？」

「在日本中華人民共和国大使館からの機密データ分析資料……というところかな」

「大使名で送ったのですか？」

「いや、中国人民解放軍総参謀部第三部から参事官として派遣されている軍人名で送ったんだが、セキュリティ対策やサンドボックス、さらには分析をも回避する技術を使ってみたんだ。仮想環境に関連する特定のレジストリキーを検出して、サンドボックスでの自動分析や仮想マシン上での動的分析を回避させている」

「いつからそんな本格的なハッキングをするようになったのですか？」

「警察を辞めてすぐに危機管理会社を立ち上げたんだが、その際にそれなりに基本的なことは勉強したよ」

「それで、その機密データにマルウェアか何か仕掛けたのですか？」

「そう、十二個のマルウェアを複合化して、クリプター（Crypter）、ユニークスタブジェネレーター（Unique stub generator）なんかと一緒に、地下フォーラムや闇市場で使用されている仮想マシン パッカー（Virtual machine packer）をぶっ込んだんだ」

「その破壊されたコンピュータから、さらに他のコンピュータにも広がるようになっているのですか？」

「独立していない限り、サーバへも侵入していくだろうな……」

「恐ろしいことをやったのですね」

秋本が呆れた声で呟くように言うと、廣瀬は何事もないように淡々と答えた。

「やられっぱなしでは相手は図に乗ってくる。尖閣諸島にどしどし入ってくる中国海警船の領海侵入と同じだ。しかも向こうは勝手に国際法違反状態の中国海警局に武器使用の権限を付与する海警法の施行まで認めているんだからね」

「中国に内政干渉するつもりはありませんが、これによって日本や他国に被害が及ぶことを考えると、これは内政干渉の域ではありませんからね」

「台湾問題や香港に対する中国の姿勢を見ればわかるとおりだよ。特に香港問題は、一九九七年のイギリスから中華人民共和国への返還の際、中華人民共和国当局は『香港返還後五十年間政治体制を変更しない』ことを確約して『一国二制度』ができたんだ。これによって特別行政区が設置され、ミニ憲法である香港特別行政区基本法の下、高度な自治権を有して香港の経済的発展は続いたんだ。ところが、去年、中華人民共和国というよりも中国共産党は香港基本法など他の法律よりも上位の法律である『香港特別行政区国家安全維持法』を施行させることによって、高度な自治は事実上終焉《しゅうえん》することになったわけでしょう。これが共産主義の本来の姿なんだよ。中国、ロシア両国の指導者は揃って共産主義を体の芯まで叩き込まれた上で、終身独裁者を目指しているんだから、二人が国家のトップである限り話し合いで外交関係を保とうとするのは不可能なんだよ」

「北朝鮮も同様ですか？」

「北はすでに国家としての体裁を保っていないからね。中国とロシアで分割してしま

らね」うんじゃないかと思っているよ。両国とも国連安全保障理事会の常任理事国なんだか

「恐ろしい話ですね」

「秋本っちゃん。何でも『恐ろしい』ではダメだと思うよ。恐れていては対等な関係になることはできないからね。日本だって、その気になれば……という姿勢だけは保持していなければならないんだよ」

「廣瀬さんは、今回、その姿勢を少し見せただけ……ですか？」

「反応を確かめただけだよ。向こうも、まさか僕がやっているとは思ってもいないだろうけど、いつまでも甘い顔ばかりは見せていませんよ。こちらは公務員ではなく、パンピーなんですからね」

「強いパンピーですね」

秋本が笑って言いながら、話を続けた。

「ところで、今回も通信傍受の令状をとって捜査をしたのですが、今回の総務省幹部等に対する接待疑惑で、NTTの内部情報がマスコミや野党にダダ洩れになっていることに不信感を持ってしまっているのですが……」

「仕方ないだろうね。あそこの労働組合はもともと旧日本労働党左派に近かったわけ

で、警察だって敵扱いされていた時期があったのでしょう？」

「そういうことですか……労働組合にはいろいろな形があることは公安講習で学問的には学んでいましたが、はっきり申しまして事態をあまり知らないのです」

「それは国会議員の出自や出身を見てみればよくわかるよ。与党の中にも稀に北朝鮮や中国に極めて近い人がいるし、野党議員も労働組合の系列で判断できるわけだ。連合という烏合の衆ができてしまったが、これも一時期の政権交代気運と一緒にできただけで、中はバラバラだ。電力総連と自治労が同じ組織の中にいること自体不思議でしょう？　ＮＴＴ労組だって現在は情報労連こと情報産業労働組合連合会の中の中心組織だが、元をただせば全電通つまり全国電気通信労働組合で、旧日本電信電話公社という公共企業体内の、公労法上の組織だったわけだから、色合い的には現在、産業別の全日本交通運輸産業労働組合協議会に参加している、旧全逓の日本郵政グループ労働組合と似たようなものだよ。どちらも自治労同様、旧日本労働党左派に近かったわけだ」

「そういうことですか……」

「ＮＴＴだけでなく、大手都市銀行だって警察の捜査情報を知った時、顧客優先だから、ガサを入れると同時に全職員の動きを止めてしまわなければ、顧客に連絡して証拠隠滅に一役買うなんていうことはざらだったからね。そういう体質は一朝一夕に変わるものではないよ。スクープネタを知った記者と一緒だよ」

「なるほど……よくわかりました。上司に捜査データを渡して調べて貰おうにも、実際に調べるのは一般職員の組合員……ということも、むしろ当たり前のことですよね」

「そう思っておいた方が無難だね」

それから三日目の午後、情報通信会社役員の古溝から電話が入った。

「廣瀬さん、この三日間、海南テレコムからのサイバーテロが極端に減少しているんです。当社も世界中のサイバーセキュリティ対策会社と連絡を取り合っているのですが、重大なトラブルが発生しているのではないかという分析になっているんです」

「ほう、どうしたのでしょうね」

「先日、廣瀬さんからご指定頂いたパソコンへのサイバーテロは、その直後に十件発生したのですが、その後ぱったりと止まってしまいました。それに呼応するかのように海南テレコムの動作が鈍ったようなんです」

「何か原因は考えられますか？」

「廣瀬さん、例のパソコンで何かやっちゃいました？」

古溝がいたずらっぽく訊ねたので、廣瀬もやや気を許して本当のことを話した。

「そうでしたか……たった一人で軍隊に挑んだわけですね」

「ドン・キホーテみたいでしょう？」

「ドン・キホーテは現実と物語の区別がつかなくなった男ですが、廣瀬さんは全てを知ったうえで果敢に攻撃を仕掛けたのです。そして、敵に大打撃を与えた可能性が高いです。しかも、敵はこちらの存在を知るすべがありません。そして、何と言ってもドン・キホーテの作家であるセルバンテスは牢獄へ何度も入り、歴史に残る作品を作ったにも拘《かか》わらず、彼自身は無一文で失意のうちに亡くなったわけです。それを考えると、廣瀬さんの大転身の結果がまた見事なのですから、素晴らしいことだと思います」

「そうであればいいんだが……」

「こちらも当分の間、慎重に情報収集をしておきますが、データの発信元が在日本中華人民共和国大使館というところがミソですよね。大使館サイドもことをあまり公にできないでしょうし、彼らは彼らで情報収集に走るでしょうから、その分、こちらにも敵の動きがわかる……というものです」

古溝が心の底から喜んでいるのがわかって、廣瀬はホッとしていた。

その二日後、秋本理事官から電話が入った。

「廣瀬さん。やっちゃいましたね」

「何のこと？」

「在日本中華人民共和国大使館の公使参事官が緊急帰国です。どうやらその理由は、中国人民解放軍海南島基地の陸水信号部隊が壊滅的な被害を受けたから、ということです。すでに内閣情報調査室のカウンターインテリジェンス・センターにも複数の諜報機関から情報が届いているようです」

「中国人民解放軍総参謀部第三部に戦争を仕掛けてしまった……ということかな？」

「そういうことになってしまいましたね。最強のプロ集団といわれている海南テレコムが一瞬にして身動きを止められてしまったのですからね。世界中のハッカー集団が注目していますよ」

「使用されたパソコンの所有者も使用者もわからない、しかも、発信元が中国大使館内のパソコンとなれば、どうにもならないのだろうな」

「廣瀬さんの発想が凄いんです。この件を知っているのは私の他にどなたかいらっしゃるのですか？」

「情報通信会社役員の古溝だけだよ」

「ああ、あの古溝さんか……彼なら大丈夫ですね」

「公安部時代、彼との出会いも僕が危機管理の道に入った要因の一つだったんだ。これからはインターネットが商売にも、武器にもなるとわかったからね」

「確かに情報セキュリティ分野では日本の第一人者ですからね。もうしばらくの間、引き続き陸水信号部隊情報を収集しておきます」

「積極的に動かなくていいからね。日本の情報機関よりも海外の諜報機関の方が犯人捜しに積極的になるだろうから、さりげなく聞いておいてくれればいいよ」

「陸水信号部隊が復活するのにどれくらいの時間がかかると思いますか？」

「マルウェアが動き出して、どれくらいの段階で発見されたかによるけど、もう五日目だからね。案外重症なのかもしれないな。海南テレコムもちょっと調子に乗り過ぎて、攻撃ばかりに頭が走っていたのかな」

「強烈なマルウェアの組み合わせだったのでしょうね」

「サイバーテロというのはイタチごっこなんだけど、今回は、たまたま上手くいった……ということなんだろうな」

中国人民解放軍海南島基地の陸水信号部隊が再び活動を始めたのは、それから二週間後のことだった。

世界中の諜報機関がその原因を探したようだったが「日本に優秀なクラッカーが生まれた」という結論付けで終わったようだった。そして、帰国した在日本中華人民共和国大使館の公使参事官は再び日本の地を踏むことはなかった。

その後、何度か医療法人社団敬徳会のコンピュータは攻撃対象になったようだったが、ついに本体サーバに辿り着かれることはなかった。

エピローグ

川崎殿町病院に対する一連の犯罪行為について、警視庁公安部は、その端緒となった健康保険証不正使用事件によって全国で大量検挙事案に発展したことが原因と断定した。

健康保険証不正使用は外国人労働者の獲得策の最大の目玉だったのだ。これには外国人労働者を本国でリクルートする組織が存在していた。特に中国、ベトナム、フィリピンからの労働者確保の中心にいたのがチャイニーズマフィアだった。

「日本に行けば、お前だけでなく、お前の親の病気も日本の保険で治すことができる」

医療制度が整っていない中国、ベトナム、フィリピンではこの言葉で多くの労働者が集まっていた。もちろんその背後では現地で借金をさせて渡航費用を賄わせるのが通常だった。

労働者の中でも、二重、三重に役に立つのが若い女性だった。表の仕事、裏の仕事、そしてさらにその奥の仕事が待ち構えていた。それでも、給与の他に客から受け取るチップは、彼女たちにとっては一ヵ月間の労働で、本国の一年分以上の収入になるのだった。

他方、男性労働者の場合には、武器や覚醒剤の密輸、さらには反社会的勢力のパシリが第二の仕事だったが、さらに奥の仕事は殺人の実行犯になることだった。

また、華春花のパターンのように、本人以外の中国人残留孤児二世三世や日本に在留する中国人による不正使用も多かった。二世三世の一部は暴走族からマフィア化している実態もあり、彼らの中には殺人に手を染めている者もいた。この殺人は思わぬところから検挙に至った。

秋本が川崎殿町病院に来て廣瀬に説明をした。

「半グレたちが持っていたリボルバー、S&W M10の入手ルートを捜査していたのですが、拳銃番号を調べた結果、元々は香港警察が民間警備会社に払い下げたものだということがわかったんです」

「S&W M10……ミリタリー&ポリスですね」

S&W M10は通称「ミリタリー&ポリス」の名のとおり世界各国の軍隊や警察において広く使われ、現代リボルバーの原点となった拳銃である。日本の警察でもニューナンブM60やサクラM360J等の新規購入銃が増えているものの、現在もまだ引き続き用いられている。ちなみにサクラM360Jは日本警察の要請に応じたカスタマイズモデルである。

また、アメリカ警察も多く使用していたが、銃器犯罪の多発に伴って装弾数が多い自動拳銃が主流となり、リボルバーは使われなくなっている。

「そうですね。廣瀬さんも使ったことがありますか？」

「いや、僕はニューナンブとチーフスだけだね。それよりも、日本に持ち込んだルートは判明した？」

「まだルートまではわかっていません。ただ、これを半グレに渡した中国人が判明したため、こいつのヤサにガサを打ったんです。すると、さらに二丁の拳銃を発見して、銃は押収、犯人の中国籍の男を現行犯逮捕しました」

「よく捕まったね……画像解析かい？」

廣瀬が訊ねると秋本が笑って答えた。

「図星です。ただ、こいつも例の六本木の店に出入りしていたんです。しかも、中国残留孤児二世三世によって作られた暴走族の元メンバーで、その道では『凶悪』で有名だったそうです」

「拳銃入手の情報とどうつながったの？」

「これは少年事件課が持っている少年事件管理システムのデータに残っていた、拳銃密輸グループの情報と一致したのです」

「そういうことだったか……それで何かわかったの？」

「こいつ、陳皓然《チンハオラン》という四十歳なのですが、渋谷地区を仕切っている男で、最近では東京連合と組んで児童買春の元締めになっていたんです」

「金儲けと裏人脈作り……ですか……」

「そして、こいつが自宅に持っていた拳銃の一丁のライフルマークを科警研で調べたところ、八年前に愛知県で殺人事件に使用された銃であることがわかったのです」

「よく捨てていなかったな……」

「しかし、その当時、奴は国外逃亡していたため、この殺人事件に関しては完璧なアリバイがあるのです」

「事件のために密入国した可能性はないの？」

「はい。当時、中国公安当局に連日事情聴取されていたことが判明しました。これは当時の中国政府が犯罪に関してはインターポールとの関係が友好的だったことも背景にありました」

「その間、その拳銃を管理、支配していたのは誰だったの？」

「奴は、その事件の四年後に事故死した昔の仲間だと言っています」

秋本は捜査用タブレットを確認しながら話していた。

「五里霧中……だね。その殺人事件は解決していないのだね」

「半分……ですね」

「半分？　どういうこと？」

「この事件は当時有名になった『闇サイト殺人事件』の一つだったのです」

「闇サイトか……確かに一時期流行りましたね……。それで、捜査は当然今でも進んでいる……ということですね」

「はい。今、愛知県警の特捜本部から捜査員が来て事実確認をしています」

「どんな事件だったの？」

「資金繰りに切羽詰まっている素人が闇サイトを通じて殺人依頼を請け負うケースでした」

「『犯人やります』という奴だね……新型コロナウイルス感染で、これからもこんな奴が増えてくるかもしれないね」

「否定はしません。ただ、最近はそういう闇サイトを監視するNPOもできていますから、以前よりは難しいかもしれません」

「個人の発信を集めて公開できるウェブサービスは多いからね。ただ、情報の正確性は保証できないけど、ヒントにはなるのだろうね」

廣瀬が言ったウェブサービスとは、口コミサイトやSNS、ブログ、掲示板（BBS）など一般のユーザーが書き込むことで内容が形成されるメディアで、これに投稿された発言を任意の順序に並べ替えたり、取捨選択したりして公開することができるCGM（Consumer Generated Media：消費者生成メディア）サイトのことである。

「廣瀬さんもブログやツイッターはなさるのですか？」

「いえ、危機管理上、そういうことは全くやりません。それよりも、その時に使われた闇サイトは摘発されたのでしょう？」

「運営会社も使用者も判明していますが、他者のニックネーム・ハンドルの盗用があったのです」

ニックネーム・ハンドルの盗用とは、ブログや電子掲示板など、自由にハンドルネームを設定して書き込みができる場において、他人のハンドルネームを使用し、その人のふりをして活動することである。

「すると、コンピュータに詳しい者が間に入っているのだね」

「この時、二人の若い女性が別々の所で殺害され、遺棄された場所はどちらも長良川《ながらがわ》の河川敷にある藪の中だったそうです。しかも、この遺棄現場は半径五十メートル以内だったこともあって、最初は同一犯による連続した犯行と目されていましたが、殺害時間の判明と、殺害行為が行われた場所から、同一犯では不可能……という結果になっていたのです」

「捜査の見直しか……最初から殺人請け負いなどという犯罪を想定する初動捜査は行わないだろうからな……」

「確かに当初は誤った方向に捜査が進んでいたのは間違いありませんが、一連の事件は犯人の特定に辿り着いたのですから、捜査員の努力は評価すべきだと思います」

「事件解明の端緒は何だったの？」

「被害女性が当時、同時進行で付き合っていた三人の男の捜査からです。彼女の成長過程における異性関係に関する情報収集に加えて、携帯電話とパソコンを解析した結果、彼女の歪んだ性格がわかってきたのです」

「そういう被害者だったのか……。男に恨まれるタイプだったんだろうな」

「はい。そして同時進行の中でも一人、その女に異常な執着を見せる男がいたのです。エリート街道を歩いてきた開業医でした。奴には完璧なアリバイがあったのですが、その男の周辺を洗っているうちに、闇サイトの話が出てきたのです」

「どこから出てきたの？」

「奴が資金援助していたIT起業家でした」

「資金援助をしてもらっていた人が供述したの？」

「IT起業家もエリートではあったのですが、決して裕福な家庭で育ったわけではなかったようです。投資家というよりも自分を利用しようとしている、親から譲られた病院を経営しているだけの金持ちの存在が憎くなったようです」

「なるほど……そこから闇サイトを発見したわけですか？」

「IT起業家の供述どおり、その医者がアクセスした闇サイトを発見して解析すると、殺人依頼など、違法行為の依頼や仲間を募集するものと、集団自殺志願者を募るものだったようです。そして、その前者を調べてみると、これに呼応したユーザIDを発見したそうです」

「そういう闇サイトでは、他者のハンドルネームを盗用して、なりすますことが多いと聞いたことがあるけど、それはなかったんだね？」

「依頼した医者はそこまでは頭が回らなかったのでしょう。他方、犯人サイドは金が欲しかっただけなのでしょうね。請け負う金額が百万円だったそうです。わざわさ埼玉県から出てきて犯行に及んでいたそうです」

「殺しの手口は任されていたの？」

「はい。殺害だけが目当てですから……ただし、殺害の日時と遺棄場所は闇サイトの主催者から指定されていたようです。別の殺人と同一犯に見せかけることで、警察の捜査を混乱させようという目論見だったのでしょう」

「金銭の受け渡しはどうなっていたの？」

「宅配ボックスで前金、成功報酬に分けて送られていたようです」

「何でも利用するんだな……。ところでもう一方の殺人はどうなっていたの？」

「闇サイトが、同様な依頼をした者に対して殺害時間、場所等を含めて最初の殺人とほぼ同じ条件で殺しを請け負っていました」

「そうすると二つの事件の依頼者と実行犯同士は、全くつながりがない……ということなのだね。しかも、事件の発生場所、時間も近接していなければならない」

「そういうことです。捜査はますます難しくなりますね」

現職の秋本理事官としては、このような犯罪手口が公安事件の中で起こる可能性を真剣に考えている様子で、苦渋の顔つきだった。

「ところで、もう一方の殺人事件の依頼者は誰だったの？」

「これも医者だったんですよ」

「また医者？　医者という職業はそんなに悩みを抱えているのかな……」

「約四割が親と同じ職業といいますからね。プレッシャーがあるのかもしれませんね」

「医師になるための教育費が高額ではあるが、収入が高く安定して、かつ定年がなく、いくつになっても働ける医師という職業の特性なんだろうが……、その分、ストレスも大きいのかもしれないいな」

「この医者も殺害相手は付き合っていた女なんです」

「殺さなくてもいいだろうに」

「そこが、いわゆる世間しらずなんですよ。大学医学部のレベルの高低に関係なく、その傾向は大きいようです。ですから騙されやすい……という面も持ち合わせているようです」

「なるほど……詐欺に引っ掛かって潰れた……という開業医は結構いるからね。医者専門の詐欺師集団がいるようだからね」

「そうなんですか？」

「ところで、陳の拳銃が使われたのは、どちらの医者の事件だったの？」

「後者の方です。殺人の実行犯は陳が族にいた時の後輩で、その後、半グレ仲間の間でミスをやらかして、その後始末の金が欲しかったそうです」

「それで理由を知って銃を貸した……というのかい？」

「奴らは若いころにさんざん殺しをやっていますが、その時の手口はナイフか金属バットで、その時の感触は未だに手に残っているそうです。このため、飛び道具で殺しをやるのが一番と判断したそうです。しかも相手は女ですから、女に直接手を掛ける……というのが嫌だったそうです」

「その男は、今、どうしているの？」

「反社会的勢力に入ったようで、その後もつまらない事件を起こしてムショにも入ってますね。今、大阪に在住しているようです」

「それなら、すぐに捕まるだろうな……」

「既に令状を持って公安部員と愛知県警が向かっています」

「捜査の幅がここまで広がるとは思わなかったな……」

翌日、S&W拳銃を使用した殺人事件被疑者が大阪で、さらにこの供述から愛知県内の開業医も殺人教唆《きょうさ》の容疑で逮捕された。捜査の結果、この医者は養子縁組で開業医として後を継いだが、愛人問題が発覚するのを恐れて闇サイトに殺人を依頼したものだった。

「これでようやく一件落着ですね」

廣瀬から報告を聞いた住吉理事長が安堵した顔つきで川崎殿町病院二十二階の第二理事長応接室でブランデーを傾けながら言った。

「福岡の院長からの連絡では、今年の九月以降、中国からPET検診と人間ドックの予約が急激に増えているようですが、一斉キャンセルも考慮しておかなければなりません」

「しかし、間に入っているのは安心できる旅行代理店なのでしょう？」

「それはそうなのですが、上海《シャンハイ》の共産党幹部が経営しているだけに、いつアリババのようなことになるかわかりません」

アリババグループ（簡体字中国語：阿里巴巴集团）は、中国の情報技術（IT）などを行う会社であり、一九九九年の創立以来、企業間電子商取引のオンライン・マーケットを運営して、二百四十あまりの国家・地域で、五千三百万人以上の会員を保有する時価総額ではアジア最大級の企業である。

この創業者の馬雲《ばうん》が二〇一九年に会長職を退任し、翌年には取締役をも退任した。さらにこの年、これに追い打ちをかけるかのように、独占禁止法に違反する疑いで中国当局による調査を受け、今年四月には約一八二億元の罰金を科されている。この背景には、馬雲元会長が習近平政権と対立する江沢民元中国共産党総書記の上海派に近いことがあると言われている。

「なんでも所詮は国のモノ……というよりも中国共産党のモノというわけですね」

「そのうち、朝鮮半島や東南アジアを中国のモノ……といいかねない国家体制ですからね。実は、今回の健康保険証なりすまし事件の発端だったのも、六本木にある中華料理食材商社の貴陽商行という、バックに在日本中国大使館の元参事官がいた会社が始めたシステムだったそうです」

「そうだったのですか？　それがいつの間にか大組織に乗っ取られた……ということですか？」

「元在日本中国大使館の元参事官は、党の要職を離れて実業家になっていたようですが、金儲けに走り過ぎて、中国共産党幹部に目をつけられたようなのです」

「なんだかアリババグループの縮小版……という感じですね」

「しかし、そのシステム自体は中国国民にとっても極めて効果的であることがわかり、これをさらに拡大するためにチャイニーズマフィアが活用された……という図式です」

「中国共産党とチャイニーズマフィアはそんなに近い存在なのですか？」

「特に上海や重慶《じゅうけい》といった、習近平にとって自分の立場を脅かす存在がいた所では、巧く利用しながら共存を図っている、必要悪となっているようです」

「そのチャイニーズマフィアの出先機関が日本にもある……ということですか？」

「出先機関もありますが、これとタイアップしているような悪しき日本企業もあるのです」

廣瀬が笑って言ったところにプライベート用のスマホが鳴った。秋本理事官からだった。

「ちょっと内々の話があります」

廣瀬は一旦、自分のデスクに戻って秋本に電話を入れた。

「何かあった？」

「実は大手芸能プロダクションのサミックスエージェンシーの裏稼業が明らかになっ

たのです」

「社長自身が東京連合に押さえられているような会社だから、何があっても驚かないけれど……」

「廣瀬さんはマッチングアプリ……ってご存じですか？」

「いくら独身が長くなったからといって、まだ恋人探しにアプリは使わないよ。サミックスエージェンシーが児童買春用のマッチングアプリでも始めたの？」

「いえ、それに似たようなことはやっているようですが、さらなる裏サイトに『殺しのマッチングアプリ』を作っているんです」

「何だって？」

廣瀬は先日、秋本と話をしている時に、何気なく、今回の新型コロナウイルス感染拡大で収入が減った海外留学生たちが、反社会的勢力や半グレの配下に落ちることを想像していた。

「それで、すでに申し込みでもあったの？」

「はい。確認できただけで三十五件。殺しの相場は全てコミコミで五十万円という低価格なんです」

「三十万円で殺害実行させて、二十万円がピンハネ分か……」

「おそらくそんなところだろうと思います」

「奴らがやっても決して不思議ではない発想だな。しかし、奴らにとってベストなのは、死体が出ない殺人事件だろうから、裏の裏があることも念頭に置いておかなければならないよ」

「表向きは『失踪』……ですね」

「そう。単なる殺人事件だけでなく、失踪事件の多くに『隠れた殺人事件』が含まれているというからな……死人に口なし……よりも、死人が表にでない……ということになってしまうのではないかな」

秋本が一瞬黙り込んだ。廣瀬が訊ねた。

「秋本っちゃん、それだけの報告だったわけじゃないでしょう」

「あ、はい。そこまで考えが至っていなかったものですから、ちょっとショックでした。それよりも、その殺しのマッチングアプリに、廣瀬さんもご存じの、医療法人健医会中田総合病院の中田あゆみ医師の名前があるのです。しかもターゲットは夫でした」

「なんだって？　どういうこと？」

「彼女が新型コロナウイルスに感染した原因が夫にあることも一つですが、それ以前からDV等の被害も受けていたようです」

「そうだったのか……しかし、そうなると中田あゆみ自身が東京連合もしくは反社会的勢力とのパイプがある……ということにならないか？」

「そうだと思います。それにもう一人、雨宮梢という名前をご存じですよね」

「えっ……」

廣瀬の思考が一瞬止まった。

「廣瀬さん、大丈夫ですか？」

「ああ、大丈夫だけど……同姓同名ということもあるだろうが……」

廣瀬にしては、秋本が何も調べずにそんなことを言い始める筈がないことを考える余裕を失っていた。

「ユーザーIDを確認した結果です。しかも、彼女のターゲットも夫なのです」

「闇の請け負い殺人が起きても仕方がない状況……ということか……」

「中田あゆみと雨宮梢との相互のメールを確認すると、お互いに相談しているのがよくわかります。順序から言えば中田が雨宮に教えたようなのですが……」

電話を切ると廣瀬は第二理事長応接室に向かった。

廣瀬からの報告を聞いた住吉理事長が言った。

「あやうく、当院の医師が殺人教唆の罪で逮捕されるところでしたね。早急に処分を行わなければなりませんが、その聴取を廣瀬先生にお願いしてよろしいですか？」

「それが仕事ですから」


翌朝、雨宮梢医長の聴取は赤坂の東京本院内にある医療法人社団敬徳会の専務理事室で、理事に就いている持田奈央子の同席の上で行われた。

「犯罪に至る前でよかったとは思いますが、警察は殺人予備罪での捜査も念頭に入れていたようです」

「これから警察の取り調べもあるのですか？」

「一応はあると思いますが、具体的な金銭の受け渡しは行われていないようですから、立件はないと思います。しかし、私どもの職業的倫理の観点から言えば、あなたのとった行動は『アウト』としか申せません。あなたほどの人が、どうしてこのような行動をとったのですか？」

廣瀬の問いに雨宮が、背すじを伸ばして答えた。

「夫は職業人としては優秀だったのかもしれません。しかし、人として、男として、夫として、私は彼の存在そのものを認めることはできなくなっていたのです。『自分の地位のために家族は協力するもの』これが彼の最大のポリシーでした。二人の子どもは揃って高校を中退して、家を出て行きました。その責任は全て私にあるということでした。私が仕事をしていることが、彼にとって、次第に許されなくなったようでした。ですから私はその逆に仕事に打ち込んだのです。しかし、彼が副学長を目前にした時、私へのあらゆるハラスメントが爆発してきたのです。私自身が死を選ぼうとした事も何度かありました。その時、中田あゆみさんに再会してしまったのです。お互い同じ気持ちであることを確認しあったのです」

全てを語り終えた雨宮梢は憑《つ》き物が落ちたか……というような晴れやかな顔つきになって辞表を提出した。

廣瀬は直ちに住吉理事長に報告し、住吉理事長が辞表を受理して退職手続きに入った。住吉理事長は雨宮梢と顔を合わせることなく、退職辞令は廣瀬から雨宮梢に手渡された。

二日後、廣瀬が産科に顔を出すと、忙しそうに動いていた栗田茉莉子助産師が廣瀬の姿を認めて近づいてきた。

「今回は健康上の都合で雨宮梢医長が辞めることになって、申し訳なかった」

「おそらく心を病まれていらっしゃったのではないか……と案じていました」

「そういう兆候はあったのですか？」

「この三ヵ月、ほとんど出産に立ち会っていらっしゃいませんでした。先日の高橋かおるさんの帝王切開手術の時も、周囲が九割やったようなものでした」

「そうでしたか……医長がそれでは周囲は大変でしたね……そういう場合の報告窓口が必要ですね」

「全ての診療科目に副医長制度があればいいと思います。医長一人では負担が大き過ぎると思います」

「栗田さんは大丈夫ですか？」

「私は助産師ですから、元々がサブのような立場です。おまけにいい仲間がたくさんいますから」

栗田の笑顔に廣瀬は救われたような気がした。

その日、たまたま川崎殿町病院に来ていた住吉理事長が二十二階の第二理事長応接室に廣瀬を呼んだ。

「経営をしているといろんなことが起こるものだね」

「そうですね。今日も栗田さんの笑顔に救われました」

「栗田茉莉子か……いい子だな。ああいう人材は失いたくないが、いつか彼女も自立していくんだろうな」

「自立……ですか？」

「彼女は育ちもいいし、ご実家は二十三区内の不動産業のようだから、自分の人脈を確立したら自分の助産院を開くような気がする」

「助産院……ですか？　まだやっていけるのですか？」

「助産院のメリット、デメリットはあると思うけれど、未だに助産院が存続する背景には、病院にはない人と人のつながりが深いんだろうと思うな」

「病院にはない……ですか？」

「もし、栗田君が今、ここを離れただけで、次の子どもをここで産む患者は明らかに減少すると思うよ。それだけ、彼女は普通の病院の助産師以上の仕事をしている。医療法人社団敬徳会に届く感謝の手紙だけ見ても、それがよくわかる。持田理事も同じ事を言っていたよ」

「感謝の手紙が届くのですか？」

「切々と感謝の意を認《したた》めた手紙は、読んでいると涙が出てくる。自分が取り上げた子どもに対して、ほぼ一人で産後のケアをやっているんだよ。こちらの方が頭が下がる思いだ」

「そうでしたか……」

廣瀬が俯いていると、住吉理事長が話題を変えた。

「そういえば、この部屋は浅野副総理が来て以来だが、先日、国会で浅野副総理が私の肩をポンと叩いて『お前も役者やのう』とポツリと言ったよ」

「お見通しでしたね」

「あれでなければ、総理を務めた後に副総理はやらないだろう。もう自分しかいない……ということを解っているんだからな。金もある。力もある。名誉もある。それでいてなお、国民の矢面《やおもて》に立たなきゃいけない。私には到底できる芸当じゃない。ある意味で怖い人だ」

「でも、ここから富士山を眺めていた時の顔は子どものようでしたね」

「達観とはあのことかもしれない。それにしても今日の富士は綺麗だ。これを観に私もここを訪れるようなものだけどね」

夕焼けに富士山のシルエットがくっきりと浮き出ていた。

「荘厳だな」

住吉理事長の言葉が廣瀬には実に重く感じられた。

この作品は完全なるフィクションであり、
登場する人物や団体名などは、
実在のものといっさい関係ありません。

|著者|濱 嘉之　1957年、福岡県生まれ。中央大学法学部法律学科卒業後、警視庁入庁。警備部警備第一課、公安部公安総務課、警察庁警備局警備企画課、内閣官房内閣情報調査室、再び公安部公安総務課を経て、生活安全部少年事件課に勤務。警視総監賞、警察庁警備局長賞など受賞多数。2004年、警視庁警視で辞職。衆議院議員政策担当秘書を経て、2007年『警視庁情報官』で作家デビュー。主な著書に『警視庁情報官』『ヒトイチ 警視庁人事一課監察係』『院内刑事《デカ》』シリーズ（以上、講談社文庫）、『警視庁公安部・片野坂彰』シリーズ（文春文庫）など。現在は、危機管理コンサルティングに従事するかたわら、TVや紙誌などでコメンテーターとしても活躍中。

院内《いんない》刑事《でか》　シャドウ・ペイシェンツ

濱《はま》 嘉之《よしゆき》

講談社文庫

定価はカバーに
表示してあります

2021年7月15日第1刷発行

発行者――鈴木章一
発行所――株式会社　講談社
東京都文京区音羽2-12-21　〒112-8001
電話　出版（03）5395-3814
　　　販売（03）5395-5817
　　　業務（03）5395-3615

KODANSHA

デザイン―菊地信義
本文データ制作―講談社デジタル製作
印刷―――大日本印刷株式会社
製本―――大日本印刷株式会社

Printed in Japan

ISBN978-4-06-524507-1

講談社文庫刊行の辞

二十一世紀の到来を目睫に望みながら、われわれはいま、人類史上かつて例を見ない巨大な転換期をむかえようとしている。

世界も、日本も、激動の予兆に対する期待とおののきを内に蔵して、未知の時代に歩み入ろうとしている。このときにあたり、創業の人野間清治の「ナショナル・エデュケイター」への志を現代に甦らせようと意図して、われわれはここに古今の文芸作品はいうまでもなく、ひろく人文・社会・自然の諸科学から東西の名著を網羅する、新しい綜合文庫の発刊を決意した。

激動の転換期はまた断絶の時代である。われわれは戦後二十五年間の出版文化のありかたへの深い反省をこめて、この断絶の時代にあえて人間的な持続を求めようとする。いたずらに浮薄な商業主義のあだ花を追い求めることなく、長期にわたって良書に生命をあたえようとつとめるところにしか、今後の出版文化の真の繁栄はあり得ないと信じるからである。

同時にわれわれはこの綜合文庫の刊行を通じて、人文・社会・自然の諸科学が、結局人間の学にほかならないことを立証しようと願っている。かつて知識とは、「汝自身を知る」ことにつきていた。現代社会の瑣末な情報の氾濫のなかから、力強い知識の源泉を掘り起し、技術文明のただなかに、生きた人間の姿を復活させること。それこそわれわれの切なる希求である。

われわれは権威に盲従せず、俗流に媚びることなく、渾然一体となって日本の「草の根」をかたちづくる若く新しい世代の人々に、心をこめてこの新しい綜合文庫をおくり届けたい。それは知識の泉であるとともに感受性のふるさとであり、もっとも有機的に組織され、社会に開かれた万人のための大学をめざしている。大方の支援と協力を衷心より切望してやまない。

一九七一年七月

野間省一

濱 嘉之の好評既刊

新装版　院内刑事《デカ》

廣瀬知剛は大病院のあらゆるトラブルを処理する警視庁公安OB。ある日、脳梗塞で倒れた財務大臣が運ばれてきた。どうやら何者かに一服盛られたらしい――〝院内刑事〟の秘密捜査が始まる！

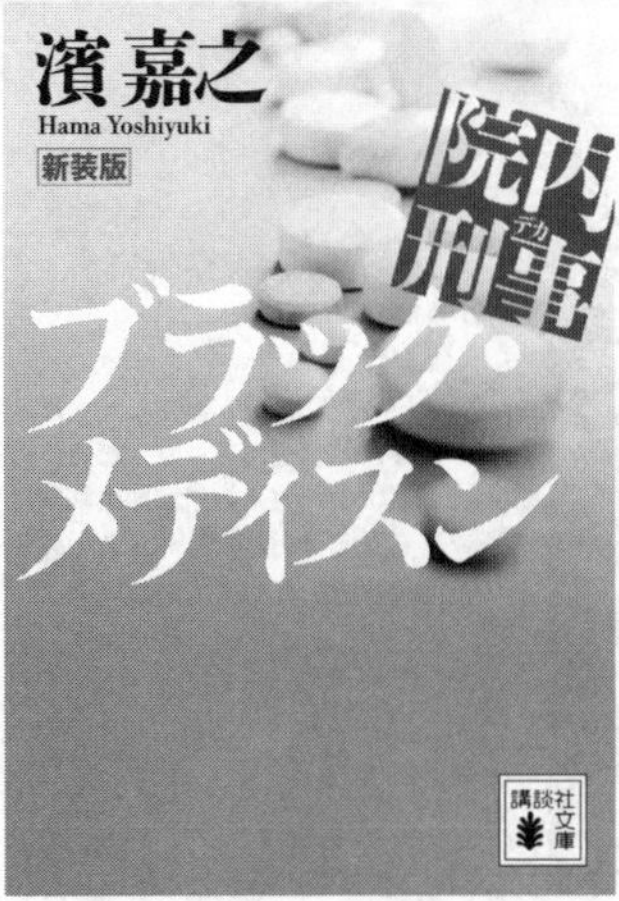

新装版　院内刑事《デカ》
ブラック・メディスン

製薬会社のMRから、多額の賄賂を受け取っている医師が院内にいるという情報を得て、ジェネリック医薬品の闇を追う廣瀬。すると、病院が北朝鮮からサイバー攻撃を受ける――

講談社文芸文庫

多和田葉子
溶ける街　透ける路
解説＝鴻巣友季子　年譜＝谷口幸代
たAC7
978-4-06-524133-2

ブダペストからアンマンまで、ドイツ在住の〝旅する作家〟が自作朗読と読者との対話を重ねて巡る、世界48の町。見て、食べて、話して、考えた、芳醇な旅の記録。

多和田葉子
ヒナギクのお茶の場合／海に落とした名前
解説＝木村朗子　年譜＝谷口幸代
たAC6
978-4-06-519513-0

パンクな舞台美術家と作家の交流を描く「ヒナギクのお茶の場合」（泉鏡花文学賞）、レシートの束から記憶を探す「海に落とした名前」ほか全米図書賞作家の傑作九篇。

平岩弓枝　青の伝説
平岩弓枝　はやぶさ新八御用旅(一)〈東海道五十三次〉
平岩弓枝　はやぶさ新八御用旅(二)〈中仙道六十九次〉
平岩弓枝　はやぶさ新八御用旅(三)〈日光例幣使道の殺人〉
平岩弓枝　はやぶさ新八御用旅(四)〈北前船の事件〉
平岩弓枝　はやぶさ新八御用旅(五)〈諏訪の妖狐〉
平岩弓枝　はやぶさ新八御用旅(六)〈紅花染め秘帳〉
平岩弓枝　新装版 はやぶさ新八御用帳(一)〈大奥の恋人〉
平岩弓枝　新装版 はやぶさ新八御用帳(二)〈江戸の海賊〉
平岩弓枝　新装版 はやぶさ新八御用帳(三)〈又右衛門の女房〉
平岩弓枝　新装版 はやぶさ新八御用帳(四)〈鬼勘の娘〉
平岩弓枝　新装版 はやぶさ新八御用帳(五)〈御守殿おたき〉
平岩弓枝　新装版 はやぶさ新八御用帳(六)〈春月の雛〉
平岩弓枝　新装版 はやぶさ新八御用帳(七)〈寒椿の寺〉
平岩弓枝　新装版 はやぶさ新八御用帳(八)〈春怨　根津権現〉
平岩弓枝　新装版 はやぶさ新八御用帳(九)〈王子稲荷の女〉
平岩弓枝　新装版 はやぶさ新八御用帳(十)〈幽霊屋敷の女〉
東野圭吾　放課後
東野圭吾　卒業
東野圭吾　学生街の殺人
東野圭吾　魔球
東野圭吾　十字屋敷のピエロ
東野圭吾　眠りの森
東野圭吾　宿命
東野圭吾　変身
東野圭吾　仮面山荘殺人事件
東野圭吾　天使の耳
東野圭吾　ある閉ざされた雪の山荘で
東野圭吾　同級生
東野圭吾　名探偵の呪縛
東野圭吾　むかし僕が死んだ家
東野圭吾　虹を操る少年
東野圭吾　パラレルワールド・ラブストーリー
東野圭吾　天空の蜂
東野圭吾　どちらかが彼女を殺した
東野圭吾　名探偵の掟
東野圭吾　悪意
東野圭吾　私が彼を殺した
東野圭吾　嘘をもうひとつだけ
東野圭吾　時生
東野圭吾　赤い指
東野圭吾　流星の絆
東野圭吾　新装版 浪花少年探偵団
東野圭吾　新装版 しのぶセンセにサヨナラ
東野圭吾　新参者
東野圭吾　麒麟の翼
東野圭吾　パラドックス13
東野圭吾　祈りの幕が下りる時
東野圭吾　危険なビーナス
東野圭吾作家生活25周年祭り実行委員会　東野圭吾公式ガイド〈読者1万人が選んだ東野作品人気ランキング発表〉
東野圭吾作家生活35周年実行委員会 編　東野圭吾公式ガイド〈作家生活35周年ver.〉
平野啓一郎　高瀬川
平野啓一郎　ドーン
平野啓一郎　空白を満たしなさい(上)(下)
百田尚樹　永遠の0《ゼロ》
百田尚樹　輝く夜
百田尚樹　風の中のマリア

講談社文庫　目録

百田尚樹　影　法　師
百田尚樹　ボックス！(上)(下)
百田尚樹　海賊とよばれた男(上)(下)
平田オリザ　十六歳のオリザの冒険をしる本
平田オリザ　幕が上がる
東　直子　さようなら窓
蛭田亜紗子　凜
樋口卓治　ボクの妻と結婚してください。
樋口卓治　続・ボクの妻と結婚してください。
樋口卓治　もう一度、お父さんと呼んでくれ。
樋口卓治　「ファミリーラブストーリー」
樋口卓治　喋る男
平山夢明　魂《たま》豆《どう》腐《ふ》〈大江戸怪談どたんばたん(土壇場譚)〉
東川篤哉　純喫茶「一服堂」の四季
東山彰良　流《りゅう》
東山彰良　女の子のことばかり考えていたら、1年が経っていた。
樋口直哉　偏差値68の目玉焼き〈星ケ丘高校料理部〉
平田研也　小さな恋のうた
日野　草　ウエディング・マン

藤沢周平　新装版 春秋の檻〈獄医立花登手控え(一)〉
藤沢周平　新装版 風雪の檻〈獄医立花登手控え(二)〉
藤沢周平　新装版 愛憎の檻〈獄医立花登手控え(三)〉
藤沢周平　新装版 人間の檻〈獄医立花登手控え(四)〉
藤沢周平　新装版 闇の歯車
藤沢周平　新装版 市　塵(上)(下)
藤沢周平　新装版 決闘の辻
藤沢周平　新装版 雪明かり
藤沢周平　〈レジェンド歴史時代小説〉義民が駆ける
藤沢周平　喜多川歌麿女絵草紙
藤沢周平　闇の梯子
藤沢周平　長門守の陰謀
船戸与一　新装版 カルナヴァル戦記
藤田宜永　樹下の想い
藤田宜永　女系の総督
藤田宜永　血の弔旗
藤田宜永　大雪物語
藤　水名子　紅嵐記(上)(中)(下)
藤原伊織　テロリストのパラソル

藤本ひとみ　新・三銃士 少年編・青年編〈ダルタニャンとミラディ〉
藤本ひとみ　皇妃エリザベート
福井晴敏　亡国のイージス(上)(下)
福井晴敏　川の深さは
福井晴敏　終戦のローレライ Ⅰ～Ⅳ
藤原緋沙子　遠花火〈見届け人秋月伊織事件帖〉
藤原緋沙子　春《はる》疾《はや》風《て》〈見届け人秋月伊織事件帖〉
藤原緋沙子　暖《ぬく》鳥《どり》〈見届け人秋月伊織事件帖〉
藤原緋沙子　霧の路《みち》〈見届け人秋月伊織事件帖〉
藤原緋沙子　鳴《なる》子《こ》守《もり》〈見届け人秋月伊織事件帖〉
藤原緋沙子　夏ほたる〈見届け人秋月伊織事件帖〉
藤原緋沙子　笛吹川〈見届け人秋月伊織事件帖〉
藤原緋沙子　青《せい》嵐《らん》〈見届け人秋月伊織事件帖〉
椹野道流　亡羊の嘆〈鬼籍通覧〉
椹野道流　新装版 暁天の星〈鬼籍通覧〉
椹野道流　新装版 無《む》明《みょう》の闇〈鬼籍通覧〉
椹野道流　新装版 壺《こ》中《ちゅう》の天〈鬼籍通覧〉
椹野道流　新装版 隻《せき》手《しゅ》の声〈鬼籍通覧〉
椹野道流　新装版 禅《ぜん》定《じょう》の弓〈鬼籍通覧〉

2021年 6月15日現在